KB037631

제가 어쩌다 운이 좋았습니다

- 저자 고유의 문체 표현을 위해 표기와 맞춤법은 저자 고유의 스타일을 따릅니다.
- 본문에 표기된 각주는 저자가 덧붙인 추가 설명입니다.
- 남편=용준

제가 어쩌다 운이 좋았습니다

민조킹 에세이

팬덤북스

PROLOGUE

이 글을 쓰기 위해 엄청나게 긴 글을 썼다가 지웠습니다. 제게 일어난 행운과 불운의 역사를 나열하다 보니 끝없이 말이 늘어났고 다시금 하얀 화면과 마주하게 된 것이죠. 이 책은 재능이 없어서 미술 대학에 가지 못했지만 운이 좋아 작가가 된 사람의 이야기입니다. 소심하고 게으르며 잘하는 게 1도 없는 사람에게 찾아온 기회의 이야기라고 할 수도 있겠습니다. 지금껏 저는 스스로를 그렇게 평가해 왔으니까요.

안 되는 것은 금방 포기하고 중간만 가자고 했던 제게도 잘하고 싶은 것이 있었는데, 바로 그림이었습니다. 팍팍한 세상에서 열정을 가지고 할 수 있는 일이 하나쯤 있다는 것만으로도 행운이라 여기고 주어진 행운에 감사하며 때로는 신기해하다가 하나둘 시도해 보니 지금은 좋아하는 것을 업으로 삼게 되었습니다.

매사에 신념처럼 가졌던 마음, '어차피 안 될 거야'라며 무엇이든 기대하지 않던 마음은 제게 말도 안 되는 용기를 주었습니다. 그렇게 그림을 그리고 만화를 그렸습니다. 결과가 나쁘면

'역시 안 됐구나'하며 넘겨 버리고 좋으면 '운이 좋았네'라고 한 것이죠.

이 책의 운명 역시 아무도 장담할 수 없는바, 그냥 '하고 싶은 것은 다 해 보자. 이번에는 산문집이다. 하고 싶은 것이 있어도 좀 참으라고? 뭐 어때, 어차피 결과는 모르는데'하는 마음으로 썼습니다. (관계자 여러분 미리 죄송합니다)

혹시 이 책을 집어 든 당신도 운이 나쁘다고 생각하나요? 그럼 지금처럼 그냥 생각하고 싶은 대로 살아도 괜찮습니다. 그렇게 하루하루 살아내다 보면 우연히 좋은 기회가 왔을 때 '나에게도 이런 일이!'라며 기쁠 것이고, 운이 좋으면 어떤 희망과 마주하게 될지도 모르니까요. 적어도 저는 그랬습니다.

아차차, 쓰고 보니 너무 꼰대처럼 말한 것 같네요. 삶에 있어 정답 같은 것은 없는데. 다시 말씀드리지만 이 책의 키워드는 공감도, 위로도, 충고도, 감성 충만도 아닌 그냥 제 이야기입니다.

구질구질하고 쭈글쭈글하고 한없이 가벼우며 가끔은 쓸데없이 솔직한 사람의 이야기입니다. 만약, 이 책을 다 읽고 난 당신이 제 앞에 있다면 저는 참지 못하고 이렇게 물어볼 것 같습니다. "어때요? 저 진짜 별 볼 일 없죠? 아니라고요? 생각보다 멋있다고요? 아, 혹시 저 지금 너무 답.정.너였나요? 하하하.자,

그럼 이제 당신 차례예요. 당신이 얼마나 운이 좋았는지 혹은 나빴는지 이야기해 주세요."

끝으로, 저는 학창 시절에 단 한 번도 글짓기로 상을 타 본 적이 없습니다. 그런 제가 에세이라니. 출세했네요.

어쩌다 운이 좋았던 김민조

MINJO
K

CONTENTS

PART 3

오래도록, 내 곁에

PART 4

저 지금 진지합니다

FRIEND
BOY
MONEY
LOVE
BUY
FOOD
LOVE
WORK
BABY
HEALTH
PARENT
PEOPLE
LOVE

PART 1

제가 어쩌다 운이 좋았습니다

명작은 망작으로부터

〈귀엽고 야하고 쓸데없는 그림책〉을 감명 깊게 보았다고 직접 말해 준 두 사람이 있었다. 일반화할 수는 없지만 개인적으로는 망작이라고 생각했기에 그런 피드백은 신선한 충격이었다. 무엇이든 항상 예상대로 흘러가는 법이 없다.

첫 책을 만들게 된 것은 내 의지가 아니었다. 전혀 일면식도 없던 남자가 나에게 메시지를 보내 대뜸 책을 만들어 보지 않겠느냐는 제안을 하며 만나자 했고, 얼떨결에 약속을 잡긴 했으나 무서워서 당시 남자 친구였던 남편과 함께 나가겠다고 했다. 용준이*는 그 남자와 첫 만남의 자리에서 매니저이자 중재자의 역할을 충실히 수행했다. 만약 나 혼자 그 낯선 남자를 만났다면 일이 잘 성사되지 않았을지도 모른다.

아무튼 나와 그 남자, 그 남자의 지인 둘과 팀을 만들어서 언리미티드 에디션이라는 독립 출판 행사에 참가하기로 했고, 그 남자와 그 남자의 지인들은 현재 나의 아주 소중한 인연들이다. 사진작가 박종일 작가, 노승환 작가, 양승욱 작가 그리고 일러스트레이터 김민조, 이렇게 네 명의 성을 딴 '김노박양'이라

◇◇◇◇◇

* 이때부터 남편의 외조는 시작되었다.

는 팀명으로 각자 만든 책을 가지고 행사에 참가했다. 그때까지도 나는 내가 작가라는 생각을 하지 않았다. 멋진 사람들 틈바구니에 슬쩍 발을 담글 수 있다는 것만으로 그저 신이 났다. 언리미티드 에디션은 2013년에 우연히 알게 되어 행사 후기를 찾아보다 내년에는 꼭 가 보겠노라고 생각했었는데 2014년에 참가자로 나가게 되었으니 신이 날 수밖에 없었다.

언리미티드 에디션에 참가하려면 판매할 책이 있어야 했다. 그래서 책을 만들기로 했고 가장 먼저 스캐너를 샀다. 인스타그램에만 올렸던 내 그림들을 스캔하고 보정하는 작업이 필요했기 때문이다. 또 인디자인(책을 만드는 컴퓨터 프로그램)을 배워야 했는데 이것은 용준이가 도와주기로 했다. 텍스트라고는 제목, 작가 소개 정도만 들어가고 전부 그림으로 이루어진 나의 엉터리 첫 책 〈귀엽고 야하고 쓸데없는 그림책〉은 그렇게 탄생했다.

이 책은 내가 만들어 놓고도 '대체 이런 책을 누가 사나'싶었다. 언리미티드 에디션에서 초판 500권을 다 팔지 못해 남은 재고는 독립 서점에 입고를 해야 했는데, 샘플북을 들고 처음 방문한 독립 서점에서 공교롭게 입고를 거절당하기도 했다. 안 그래도 내 책은 아무도 안 받아 줄 거라며 용준에게 징징댔는데 퇴짜 이후 더더욱 심하게 징징댔다.

그렇게 우리 집 장판으로 쓰일 뻔했던 이 그림책을 처음으로 받아 준 곳은 유어마인드와 헬로인디북스, 짐프리였다. 이 독립 서점들은 금방 생겼다 없어졌다 하는 책방들 사이에서 지금도 굳건히 자리를 지켜 주고 있다. 입고를 다니면서는 다른 사람들이 만든 독립 출판물과 내 책을 비교하며 '아, 나도 이렇게 할 걸'하고 머리를 쥐어뜯기도 했다.

하지만 시간에 쫓겨 만든 내용도 없고, 폰트도 엉망진창인 이 책을 두고 누군가는 B급 감성이라 해 주고 누군가는 '볼 테면 보고 말 테면 마라'하고 소리치는 듯한 배짱 두둑한 느낌이 좋다고 해 주었다. 그리고 나는 이 책을 감명 깊게 본 두 사람 중 한 명인 팬덤북스의 편집자님과 인연을 맺게 되어 민조킹이라는 이름을 걸고《모두의 연애》라는 책을 정식 출간하게 되었다.

제가 어쩌다 운이 좋았습니다

지난 3일은 고통의 시간이었다. 일단 몸살에 걸렸고 거기다 세 가지 제안까지 받았다. 홈 쇼핑 생방송과 토크 콘서트 강연, 끝으로 화장품 브랜드 홍보용 영상 인터뷰 촬영까지.

이날 새벽에 나는 꿈을 꿨다. 10명 정도의 사람들과 긴 테이블에 둘러앉아 있던 와중에 갑자기 내가 참지 못하고 바닥에 응가를 했고, 황급히 치웠지만 테이블에 앉아 있던 사람들 모두가 알아차린 다소 수치스러운 꿈이었다. 찝찝한 마음에 일어나서 급히 해몽을 찾아보니 길몽이었다. 그래서 로또를 1만 원어치나 샀는데…… 불현듯 이것이 횡재수가 아니라 수많은 관중 앞에서 시원하게 똥을 싸게 됨을 암시하는 꿈은 아닌지 불길해졌다.

왜 수많은 일러스트레이터 중에서 나였을까? 물론, 이런 고민을 하는 내가 남들 눈에는 재수 없어 보이겠지만 어쩔 수 없다. 나는 이런 제안이 올 때마다 할지 말지를 고민하는 것이 아니라 어떻게 거절할지 고민하며 스트레스를 받는다.

나는 대단한 신념을 갖고 있지도, 엄청난 성장 스토리를 갖고 있지도 않다. 그런 것이 있으려면 일단 성공한 사람이어야 하는데 나의 행보나 성공은 매스컴에서 떠들어 대는 보편적인 성공과는 거리가 멀다. 성공했다고 자신있게 말할 수 있는 부분이라면 '현재 좋은 남자와 사이좋게 살고 있고, 그림을 그리고 싶을 때 그림을 그리고, 굶주리지 않을 정도로 돈을 번다'는 정도이다. 남들에게는 그저 평범한 소망일 수 있겠으나 나는 그것을 성공의 기준으로 두었고 그래서 지금 행복하다.

이 모든 것을 이룰 수 있었던 이유는 내가 운이 좋았기 때문이다. 그러니 사람들에게 해 줄 수 있는 말도 고작해야 '제가 어쩌다 운이 좋았습니다'라는 것밖에 없을 것 같은데. 그래서 앞서 이야기한 제안 같은 것들이 들어오면 나는 고민이 된다. 사람들이 나에게 실망하지는 않을까 걱정이 앞선다. 나는 자신감보다 겁이 많은 사람인데 왜 자꾸 이런 시련을 주십니까.

그와중에 속없는 남편은 자꾸만 옆에서 '나라면 하겠어. 자꾸 하다 보면 늘어'라고만 한다.

성공한 관종

나는 인스타그램이 지금처럼 핫해지기 훨씬 전부터 인스타그램을 시작했다. 2013년도 즈음, 자주 가는 흑인 음악 커뮤니티에 인스타그램 아이디를 공개하고 서로 맞팔을 맺는 분위기가 조성된 적이 있었다. 사진 보정 어플인 줄 알고 다운로드만 해 놓고 쓰지 않다가 그 흥미로운 분위기에 편승하고자 어플을 켜 보니 @mzokim이라는 아이디로 이미 가입되어 있었다. 나도 사람들처럼 리플로 아이디를 남겼고 거기에 아이디를 남긴 사람들을 무작정 팔로우했다. 그 당시 나는 직장인이었고 대부분의 직딩들이 그렇듯 회사 사람들 외에 새로운 인연을 만날 수 있는 기회가 없었다. 그랬기에 흑인 음악이라는 공통의 관심사를 가진 사람들의 사생활을 사진으로 보고 내 일상을 공유하는 일은 신선한 즐거움이었다. 우리는 좋아요를 품앗이하고 댓글로 각종 드립을 날리며 자연스럽게 친목 도모를 이어 갔다.

당시 남편*이 사우디에 파견 가 있을 때라 심심하던 차였는데 인스타그램은 퇴근 후 지루한 일상에 단비 같은 존재였다. 신기하게도 그때 알게 된 사람들 중에는 지금 내 인생에 없어서

◇◇◇◇◇

* 정확히 그 당시에는 남친이었다.

는 안 될 좋은 사람들이 많다.

처음에는 나도 남들처럼 먹은 것, 간 곳, 내 사진들을 올렸다. 그러다 취미로 배워 끄적인 그림을 조금씩 올렸는데 하나같이 칭찬을 해 주었다. 칭찬에 힘입어 계속 그림을 올리다가 어느 날은 남정네의 바지를 벗기는 여인네의 그림을 올렸는데 사람들 반응이 폭발적이었다. 난 방구석 그리머였는데, 내가 그린 그림의 피드백이 바로바로 오는 것은 여간 신나는 일이 아닐 수 없었다. 아마 그때부터 나의 야그림 인생이 시작되었던 것 같다.

인스타그램, 페이스북 이전의 싸이월드 시절부터 나는 내가 관종임을 알고 있었다. 내가 어떤 사람인지 보여 주기 위해 할 수 있는 모든 것을 싸이월드로 표출했던 것 같다. 미니홈피의 배경 음악으로 음악적 깊이가 어느 정도인지와 취향을 보여 주려 했고, 대학 시절 학점보다 목숨 걸었던 인맥 관리는 미니홈피 투데이 방문자 수를 통해 과시했고, 일기장에 써도 되는 일기는 굳이 폴더까지 나눠 가며 미니홈피 다이어리*에 썼다. 특히, 나를 힘들게 했던 남자에게 하고 싶은 말이 있으면 '임금님 귀는 당나귀 귀'하고 외치듯 다이어리에 썼다. 물론, 주어는 생략. 리플에 예상대로 '그래서 그게 누군데'라던가 '맞아, 그놈 나쁜 놈이지'등의 말들이 달리면 완벽.

관종은 꽤 부정적인 의미를 담은 신조어이지만 대부분의

◇◇◇◇◇

* 각 폴더의 제목들은 유치하지 않으면서도 감성이 있어야 한다. 남들이 잘 모르는 밴드의 노래 제목이라든지, 감명 깊게 읽었던 책 속의 단어 조합 같은 것들 말이다. 다이어리 속 이야기의 주인공을 비밀에 부쳐 궁금증을 자아내는 것은 필수.

사람들이 자신에게 오는 관심을 싫어하지 않을 것이라 생각한다. 예쁘다, 멋있다 같은 칭찬의 말들을 싫어하는 사람은 아마 세상에 없을 것이다.

예전에 인터뷰를 할 때 '나는 관종의 좋은 예'라고 소개한 적이 있다. 사람들의 관심 덕분에 매일 그림을 그릴 수 있는 부지런함을 갖게 되었고 그림에 소질이 없지 않다는 것을 알게 되었으며 그 덕에 자신감을 회복했다. 나는 내가 좋아하는 '그림'을 통해 내가 좋아하는 '타인의 관심'을 받는 것, 이 둘의 콜라보레이션으로 큰 성취감을 느꼈고 결과적으로는 어릴 적 꿈이었던 화가, 만화가의 꿈을 이루었다. 인스타그램이라는 SNS와 사람들의 관심을 통해서 말이다.

조잡한 기능이 자꾸 추가되면서 초창기 사진 보정 어플로써의 기능과 정사각형 프레임의 매력이 사라지고, 다양한 관심사를 가진 사람들을 랜덤으로 찾을 수 있던 재미가 반감되면서 광고와 마켓 느낌이 물씬 나게 변해 버린 듯해 아쉽기도 하지만 당분간은 그만둘 생각이 없다. 몇 년 동안에 걸쳐 그린 그림을 전시한 인스타그램은 이제 나의 포트폴리오가 되었다. 위로와 공감이 되었다는 사람들의 메시지를 받으면 비록 온라인상의 일면식도 없는 이들의 말일지라도 더 멋진 것을 보여 주어야겠다는 생각이 들어 작업에 큰 힘이 되었다.

오늘도 나는 내 그림을 좋아하는 이들을 위해 그림을 그리며 어떤 사진을 올릴지 고민하고, 사람들의 좋아요와 댓글에 신경 쓰고 관심을 갈구하고 관종이기를 자처하며 그렇게 살아가고 있다.

1호 서포터

밥을 먹으며 반주를 한잔하던 어느 날 남편이 말했다.

- 난 지금처럼 평범하게 살 테니 너는 네 꿈을 이뤄. 나는 예전부터 강하게 원했던 것이 없어. 그냥 집에서 시키는 대로 공부를 했고 결과가 잘 나오면 좋고 그랬지만 꿈이나 내가 하고 싶은 것에 대한 진지한 고민이 없었어. 돈이 다는 아니지만 돈과 상관없이 좋아하는 것을 하는 것만으로도 내가 행복해질 수 있었을지는 잘 모르겠어.

그래서 난 그냥 지금이 좋아. 무엇보다 네가 내 옆에 있잖아. 앞으로도 나는 너의 서포터로 네가 하는 일들을 응원할 거야.

Q. 언제부터 야한 것을 좋아했나?

A : 그러니까 그게 언제부터였냐면 ……

무언가로부터 '야하다'라는 느낌을 받은 것은 내가 7살, 초등학교 1학년 때쯤이었다. 어린 시절 청량리에 살았던 나는 어느 날 무슨 이유에서였는지 기억은 나지 않지만 청량리 롯데 백화점 지하를 지나가고 있었다.

밝은 대낮에 한 아저씨가 작은 헝겊으로 가릴 수 있는 곳만 최소한으로 가린(죄다 살색인) 서양 아가씨들의 포스터를 팔고 있었는데 집에 가려면 그 포스터를 판매하는 곳을 지나가야 했다. 멀리서 그것들을 보았을 때도 눈을 의심했는데 가까이 다가갈수록 언니들의 나체가 더욱 선명해졌다. 엄마의 젖가슴을 보고도 전혀 동요하지 않던 나였는데 언니들의 대문자 S라인과 풍만한 젖가슴을 보니 사타구니 쪽이 마비되는 듯한 묘한 기분이 들었다. 가판대와 100센티미터도 채 안 되는 곳에 이르러 특정(?) 신체 부위를 더욱 도드라지게 자랑하는 섹시 도발적인 금발의 여인들을 보고는 야한 것이 무엇인지 처음으로 깨닫게 듯 했다. 야하다는 말 외에 어울리는 단어는 없다고 생각할 정도로 야함 그 자체였다. '야하다'는 말을 배우기 훨씬 이전의 일이었다.

왠지 보아서는 안 될 것을 보는 것 같았지만 자꾸만 다시 보고 싶어 앞으로 갔다, 뒤로 갔다, 곁눈질을 했다가 다른 사람을 보는 척 눈동자를 굴리는 등 하여튼 별짓을 다 했던 기억이 난다. 나는 내가 이때부터 야한 것을 좋아했다고 생각한다.

그 후에는 음란한 것들로부터 완벽하게 차단된 보수적인 환경에서 자랐지만, 우연히 아빠의 서재에서 발견한 일본어 소설 중간중간에 들어간 삽화*를 방에 불도 켜지 않고 열심히 찾으며 스릴 넘치는 야릇함을 즐겼다. 다 본 뒤에는 아빠도 이런 야한 책을 본다는 것에 약간의 충격을 받았지만. 내가 성인이었어도 나 역시 이왕이면 야한 내용이 있는 책으로 일본어 공부를 하는 편이 실력 향상에 도움이 되었을 것이라 생각하기로 했다.

어떤 날은 우리 맨션†의 쓰레기를 버리는 창고로 분리수거 심부름을 하러 갔다가 누가 버린 야한 잡지를 잔뜩 발견하고 말았다. 시간 가는 줄 모르고 쭈그려 앉아 누가 오지는 않을까 긴장하며 잡지를 정독한 그때의 내 나이가 16살, 중학교 3학년이었다.‡

◇◇◇◇◇

* 풍만한 가슴을 가진 검은 머리 여성이 근면 성실이 몸에 밴 샐러리맨을 유혹하는 장면이 묘사되어 있었다..

† 일본에서는 빌라를 맨션이라고 부른다.

‡ 그리고 그때 그 아이는 자라서 야한 그림으로 먹고 사는 작가가 됩니다.

언제부터 야한 걸
좋아하셨어요?

음,, 태어날 때부터?

돈이 되는 것과 안 되는 것

지금까지 나는 운이 좋게도 내가 하고 싶었던 것들을 해 왔다. 목표를 낮게 잡아서 그런지 모르겠지만 대부분 항상 예상보다 결과가 좋았다. 여기서 '좋은 결과'는 돈을 말하는 것이 아니다.

첫 번째 독립 출판 책이었던 〈귀엽고 야하고 쓸데없는 그림책〉은 호기롭게 500권을 인쇄해서 1년 동안 모두 팔았다. 무명 작가의 독립 출판 치고는 나쁘지 않은 성적이라 생각했다. 정식으로 출간한 첫 단행본《모두의 연애》는 2쇄가 목표였는데 5쇄를 했고, 고료를 월급처럼 따박따박 받을 수 있다는 것에 혹하여 멋모르고 시작한 웹툰은 사이트 내 매출 1위를 찍기도 했다.

다시 말하지만 내가 정한 목표는 '어느 정도만 하자'였고 그것이 꼭 금전적인 부분과 비례하지는 않았다. 독립 출판은 인쇄비 외에도 수수료, 배송비, 포장비 등 자잘한 비용이 많이 들었다. 정확히 계산은 안 해 봤지만 본전 아니면 손해였을 것이다.《모두의 연애》는 크라우드 펀딩을 통해 300퍼센트가 넘는 목표액을 달성하고 출간 한 달 만에 2쇄를 찍었지만, 책 한 권을 냈다고 해서 살림살이가 크게 나아지지는 않았다. 책 판매로 작가가 받는 인세는 평균 8-10퍼센트이기에 생계유지를 할 만큼 벌려면 1년에 최소 1만 부 정도는 팔아야 한다고 했다. 계산

해 보니 2016년 한 해 동안 번 돈은 인세 포함 이것저것 합해서 600만 원 가량이라 한동안 '난 연봉 600만 원짜리 일러스트레이터야'라고 농담처럼 말하고 다녔는데 그래도 행복했다. 처음부터 돈이 될 거라 생각하고 시작한 것도 아니고 첫술에 배부를 수 없는 노릇이니. 그저 내 그림으로 만들어진 책을 서점에서 볼 수 있다는 것이 기쁘고 좋았다. 다만, 남편에게는 조금 미안했다. 모험은 나도 원치 않았기에 회사를 그만두기가 적잖이 고민되었지만 남편이 나의 가능성을 믿어 주고 결정에 힘을 실어 주었다.

운이 좋았다고 생각하는 부분은 또 있다. 남편만큼이나 나를 믿어 준 편집자님들이 그렇다. 첫 책을 낼 때나 첫 웹툰을 시작했을 때 함께해 주었던 편집자님들이 전적으로 내가 하고자 하는 것들을 믿어 주며 '으쌰으쌰' 할 수 있는 분위기로 이끌어 주셨다. 회사의 이익도 고려해야 하는 입장에 놓인 사람들의 믿음에는 얼마나 큰 용기와 결단이 필요한 것인지를 잘 알기에 더욱 감사했다.

사실, 웹툰 〈쉘 위 카마수트라〉를 작업하면서는 처음으로 그림이 '일'처럼 느껴졌다. 어느 날은 그림을 그리기가 너무 싫어 몸이 배배 꼬였다. 야한 그림도 매일 수십 컷씩 그려 대려니 아무런 감흥이 생기지 않았다. 어떤 날은 정말이지 기계적으로 성행위 장면을 그렸다. 그런 와중에 내가 버틸 수 있었던 이유는 통장에 매달 꽂히는 돈이 아닌 내 그림과 이야기를 좋아해 주고 기다려 주는 독자들이 있어서였다. 그렇게 1년을 보냈다.

나 같은 일을 하는 사람들은 대부분 '예술적인 면모로 인정받으면서 돈도 벌 수 없는가'하는 고민을 할 것이다. 책을 냈다 하면 대박인 인기 작가들도 외주가 끊이지 않는 작가들도 결국에는 자신의 가치를 인정받고 싶어 한다. 나라고 그런 고민을 하지 않을 리 없다. 사람들은 내 그림에 호기심을 갖고 좋아해 주지만 그것이 돈과 직결되지는 않으며 말로는 내가 하고 싶은 것을 한다고 하지만 정작 어떤 기회가 왔을 때 돈을 위해 어느 정도 타협하는 자신을 수차례 겪어 왔다.

실제로 웹툰이 끝나고 나서 그동안 하지 못했던 개인 작업을 하려고 책상 앞에 앉았는데 종이에 아무것도 그릴 수 없었다. 그나마 몇 장 끄적인 그림들도 마음대로 되지 않아 짜증이 났다. '나는 누구를 위해 그림을 그리는 거야?', '무엇을 위해 그리는 거야?'하고 스스로에게 끊임없이 질문을 던졌다. 다시 원점으로 돌아온 기분이었다.

어느 날 저녁에는 남편이 내게 속마음을 슬쩍 털어놓았다. 내심 웹툰을 계속하길 바랐지만 내가 너무 힘들어해서 더는 이야기 꺼내지 못했다고 했다. 안 그래도 마지막 원고를 보내는 날 자꾸만 '정말 괜찮겠어? 시원섭섭하지? 시즌 3 진짜 안 해도 괜찮겠어?'라고 자꾸만 되물어서 아쉬워한다는 것을 짐작하고는 있었다.

나는 남편에게 말했다.

"돈보다 중요한 것은 나의 행복이야. 내가 그 일을 즐기면서 할 수 있을 거라는 확신이 들었을 때, 그때 다시 하고 싶어. 일단은 내가 하고 싶었던 것을 마음껏 하고 싶어! 미뤄 두었던 이것도 하고 저것도 하고…… 그러면 나 너무 이기적인가?"

그러자 남편이 대답했다.

"네 뜻이 그렇다면 그렇게 해야지."

잘난 척하면서 말하기는 했지만 오늘도 나는 돈이 되는 것과 내가 하고 싶은 것 사이에서 여전히 고민하고 있다.

남의 연애

친구가 나에게 종종 연애 상담을 하는데 그럴 때마다 부러움과 동시에 다행이라는 생각이 든다. 부러운 이유는 여느 기혼자들이 그렇듯 아직도 그런 설렘과 갈등으로 고민할 거리가 있다는 것이 본인에게는 힘들지 몰라도 다양한 감정을 느낄 수 있다는 증거니까. 그래서 나는 그들의 고민을 부러운 눈빛으로 들으며 '배부른 소리 한다'는 고정 레퍼토리를 빼놓지 않고 한다.

다행인 이유는 알다시피 쓸데없는 감정 소모가 필요 없다는 것이다. 20대 때나 너 때문에 죽네 사네 했지, 나이 먹고는 이런 극단적인 감정들이 체력에 지대한 영향을 미치는 터라 안정적인 결혼 생활이 불타는 연애보다 건강에 훨씬 이롭다고 생각한다.

아무튼 친구의 이야기를 듣고 나서 관찰자 시점으로 '사랑 참 어렵구만'이라고 하자 친구가 정정해 주었다. '사랑은 쉬워. 연애가 어렵지.'

생각해 보니까 정말 그랬다. 짝사랑도 사랑이고 일방적인 마음이니까 어렵지 않다. 애가 타기는 하지만 그것은 그 사람을 선택한 본인의 몫이니까.

이어서 친구가 말했다.

"지금 내가 좋아하는 이 친구처럼 말이 잘 통하는 사람을 만나기도 어려운데 그런 사람이 나를 좋아하기는 더 어려운 것 같아. 거기다 나도 여유롭고 그 사람도 연애를 할 여건이 되는 시기에 딱 만나기란 더 어렵지. 이 모든 조건이 충족됐을 때 비로소 연애를 시작할 수 있어. 그러니까 연애가 더 어렵게 느껴지는 거야. 어릴 때는 이렇게 어렵지 않았어. 그냥 열렬히 사랑하는 마음만 있으면 됐어. 나이 들수록 더 힘든 것 같아."

연애 기간이 길고 결혼 생활까지 합치면 거의 10년이 되어 가다 보니 나도 그런 시절이 있었다는 것을 잠시 잊고 있었다. 친구보다 연애 경험도 적은 내가 그녀의 고민을 들어 주고 있는 것이 새삼 웃기면서도 엄청난 확률을 뚫고 만난 내 짝꿍에게 저절로 감사하게 되었다.

하지만 친구에게는 이렇게 말했다.

"너한테는 미안한데 이런 이야기 왜 이렇게 흥미진진하냐. 더 말해 봐. 그래서 어쨌는데? 술 마시러 가서는 뭔 일 없었니?"

팬의 팬의 팬

열심히 원고 작업과 전시 준비에 한창이던 중, 요즘 가장 핫한 작가로 주목받고 있는 이슬아 작가의 책을 샀다. 안 그래도 읽어 보려 했는데 주변에서 며칠 간격을 두고 추천한 터라 우선 온라인 서점에서 구할 수 있는《나는 울 때마다 엄마 얼굴이 된다》부터 사서 읽었다. 책을 다 읽고 '그래, 글은 이런 사람이 쓰는 거지. 그림이나 그릴 것이지 난 또 왜 〈특명 아빠의 도전〉도 아닌데 에세이를 써 보겠다고 나댔나'싶어 의기소침해졌다.

나는 언리미티드 에디션 3일 만에 완판해 버린 그녀의 수필집을 구하고 싶었는데, 마침 그녀가 디노마드에서 주최하는 YCKF(Young Creative Korea F)행사에서 책을 판매한다는 소식을 듣고 휴무에 부랴부랴 집을 나섰다. 도착하자마자 이슬아 작가의 부스로 직진했는데 다행히 부스에 그녀가 있었다. 초판본과 재쇄본이 있어 초판본 한 권, 재쇄본 한 권을 구매했다. 서로 맞팔인 사이였지만 쑥스러워 누구라고 말하지 않았는데 먼저 '혹시 민조킹 작가님 아니냐'며 알아봐 주었다(!). 이야기를 나눠 보니 그녀는 3년 전 내가 만든 독립 출판물 〈연애고자〉를 사기 위해 처음으로 언리미티드 에디션에 왔었다고 했다. 그런 그녀가 몇 년 뒤 셀프 연재한 수필을 모은 책으로 언리미티드 에디션에 참가하여 완판해 버린 것이다. 여기서 나는 그녀가 나보다 30배는 더 멋지다 생각했고, 그런 그녀가 나를 좋아하고 있었다니 나도 30배는 더 멋진 사람으로 느껴졌다.

나의 팬이었던 사람의 팬이 되어 그 사람의 행보를 응원하게 된 것은 정말이지 멋진 일이 아닐 수 없었다.

어떤 나

스무 살 이후의 내 인생은 그전과 비교해서 순탄히 흘러간 편이었다. 스무 살 이후 상봉한 친엄마의 지원을 받아 경제적으로 부족함 없는 대학 시절을 보냈고, 25년의 연애 고자 경력을 끝으로 원하던 연애를 시작했으며 대기업은 아니지만 좋은 동료들이 있는 직장에 취직하기도 했다. 이후 어찌어찌 3천만 원 가량의 돈을 모아 남편이 번 돈과 합쳐 부모님 도움 없이 결혼을 하고 볕이 아주 잘 들고 조용하여 살기에 부족함이 없는 전셋집을 구해 현재 4년째 살고 있다. 직장을 그만두고 고정 수입이 없었어도 안정적인 직장에 다니는 남편 덕에 놀고먹는 데 어려움을 느끼지 못했고, 지금은 하고 싶은 것을 하면서 둘이 살기에 여유로운 정도의 돈을 번다.

그런데 글을 쓰다 문득 모자라지도 넘치지도 않는 평온을 누리며 사는 나 같은 사람이 쓰는 글에 누가 공감해 줄까 싶었다. 어쩌면 내가 하는 불평불만이 나보다 아등바등 힘겹게 살아가는 사람들에게는 사치스럽고 배부른 투정일지도 모른다는 생각이 들었다.

나에게도 가정사가 있다. 풀 버전으로 이야기하자면 책 한 권을 다 써도 모자라고 말로 하려면 밤을 꼬박 새야 한다. 나는 부모의 불화로 인해 선천적인 모성애를 믿지 않으며 가족 간의 화목함과 따뜻함도 잘 모른다. 그런 와중에 참 바르게 잘 자란 내가 가끔은 대견하게 느껴지기도 한다. 잘 잊는 것도 특기라면 특기라고 그때의 고통을 지금까지 안고 살았다면 아마 정신병에 걸렸을 것이다.

정이 많지만 한 번 마음의 문을 닫으면 서리만큼 차가운 것은 엄마를 닮았고 무뚝뚝하고 다혈질인 성격은 아빠를 닮은 것 같다. 부모가 나에게 남겨 준 것은 이런 성격과 조금씩 닮은 외모뿐이다. 내가 친구에 집착한 것도 모두에게 좋은 사람이고 싶어 무리를 했던 것도 다 그런 배경 때문이었을까. 그 덕에 넘치는 정은 주변 사람들에게 나눠 주며 살았다.

엄마, 아빠는 나와 남편처럼 6년을 서로 죽고 못 사는 연애를 했으면서도 결혼 생활은 1년을 넘기지 못했다. 내가 용준이와 결혼한다고 했을 때 엄마는 당신처럼 이혼하지 않을까 걱정했다. 이혼 후 새장가를 든 아빠는 새엄마와 나 사이에서 단 한 번도 내 편을 들어준 적이 없었고, 엄마는 세상에 믿을 것이라고는 두 번째 남편과 돈, 사주뿐이라며 나를 두 번 버렸다. 그러고는 끝내 내 결혼식장에 나타나지 않았다.

운명이 태어날 때부터 정해져 있다 한들 나의 선택은 온전히 내 몫. 나는 내가 생각하고 판단한 대로 내 인생을 선택해 왔고 책임질 자신도 있었다. 결국에는 본인들도 자신들을 위해 그런 선택을 한 것이면서 왜 나의 선택은 존중해 주지 않았는지 당시에는 무척 야속했다.

그리고 엄마의 걱정과는 달리 현재 나는 3년째 탈 없이 내가 선택한 사람과 행복하게 살고 있다. 예전에는 우울할 때가 더 많았고 어쩌다 행복한 일이 생겨도 그 행복을 온전히 만끽하지 못하고 언제 올지 모를 불행을 걱정하며 불안해했지만 지금은 과거의 일이 되었다.

인스타그램은 자신의 삶 중에서 가장 좋은 일상만을 골라 보여 주는 가식일 뿐이라고 조롱하는 친구의 말에 어느 정도 동의한다. 인스타그램에 이혼하러 법원에 가는 모습, 연인과 싸운 모습, 내가 얼마나 돈이 없는지에 대해 올리는 사람은 없다*. 나 역시 그런 사정을 SNS에 공개하지 않는다. 굳이 그런 것을 궁금해하는 사람도 없고 내가 나서서 TMI†해 봤자 관종이라며 조롱받을 것이다.

인스타그램 속의 내 모습은 나의 전부가 아니다. 정사각형 안에 보이는 내 인생은 진짜 내 인생의 1퍼센트도 되지 않는다. 멋져 보이고 당당하게 야한 그림을 그리며 다정하고 멋진 남편을 둔 SNS 세상 속의 나도 나지만, 이 글을 통해 고백하는 과거의 나, 힘든 시간을 견디고 이제는 담담하게 옛날 이야기를 웃으면서 하고 있는 나도 결국 나다.

◇◇◇◇◇

* 해시태그로 #이혼스타그램 #가난스타그램 #빚쟁이 같은 것을 찾아봤지만 자신의 어려운 처지를 전시하는 사람은 없었다.

† Too Much Information, 너무 많은 정보

그렇다 칩시다

예전에 메이크업 수업을 받은 선생님의 인스타그램에 스튜디오 이전을 축하드린다며 댓글을 단 적이 있었다. 나만 일방적으로 그분을 팔로하고 있었으나 댓글을 보고 내 계정을 방문하셨는지 '이렇게 유명한 분인 줄 몰랐다'며 댓글을 달아 주셨는데 기분이 이상했다. '인스타그램의 팔로워 수가 유명함의 척도인가?'하는 의문이 들었다. 왜냐하면 일단 길에서는 아무도 나를 못 알아본다.(간혹 눈썰미 좋은 분들이 있기는 하다) 요즘은 돈만 주면 얼마든지 팔로워를 늘릴 수 있고 심지어 좋아요나 댓글까지 조작할 수 있다고 하는데‡. 나는 그냥 그림 그리고 책을 만드는 것이 직업인 30대 여자 사람일 뿐 유명하다는 말은 나에게 해당되지 않는다고 생각했다.

이 말을 남편한테 했더니 '답정너세요?'라고 했다. 남편의 새로운 취미는 네이버에 '민조킹'을 쳐 보는 것인데, 지식인에 나에 대한 질문이 무려 3개나 있는 것을 보고 '유명하긴 하네'§라고 해 줬다. 흠, 그래요. 유명하다고 칩시다.

◇◇◇◇◇

‡ 물론, 나는 맹세코 해 보지 않았다.

§ 지식인에도 올라오다니 나 좀 멋진데?

남편

나는 내 남편을 무척 사랑한다. 항상 무뚝뚝한 나이지만 본인도 내가 자기를 얼마나 사랑하는지 잘 알 것*이다.

내가 먼저 첫눈에 반했지만 진짜 이 사람을 사랑한다고 느낀 것은 사귄 지 3년쯤 되었을 때였다. 남자라는 존재 자체에 대한 불신으로 3년 간 지속된 나의 공격†에도 남편은 아랑곳하지 않고 옆에 찰싹 붙어서 마음속에 요동치는 비관과 부정의 파도를 잠재워 주었다. 그러면서 남편이 오래 볼수록 더 진국이고 오래 알수록 더 좋은 사람임을 깨닫게 되었다.

나는 죽는 상상을 엄청 자주 하는데 어느 날 문득 '남편이 나보다 먼저 죽으면 어떡하지?'하는 생각이 들었고, 그러면 왠지 나는 1분 1초도 못 살 것 같았다. 그래서 그날 이후부터 나의 소원은 한날 한시에 생을 마감하는 것이 되었다. 유서에도 미리 써 놔야겠다. '제가 먼저 죽으면 남편도 같이 묻어 주세요'라고. 아, 남편의 동의는 아직 받지 못했다. 그리고 로맨스는 이렇게 호러가 됩니다.

◇◇◇◇◇

* '아마 내가 조금 더 사랑하지 않을까?'라고 하면 그럼 자기가 더 사랑한다고 하겠지.

† '너 역시 변할 것이다. 너도 똑같은 남자다'

1987-2057
운이 좋았던
민조킹,
여기 잠들다.
영감♡
어서 와~
이놈들아!
썩 내려놓지 못해!?
사모님
유언이라
어쩔 수
없습니다..

오늘 만난 사람

늘 만나던 사람, 오래 알고 지낸 사람만 만나다가 오늘 저녁은 드물게도 새로운 사람과 만나 이야기 나눌 기회가 두 차례나 있었다.

첫 번째 약속 장소는 여의도의 한 한식당이었다. 대학 전공을 살려 멋진 호텔리어가 된 동기 K의 국제결혼 피로연을 위한 저녁 식사 자리에 초대받아 가게 되었다. 대부분 K 부모님의 지인 및 친척들이었고 나와 친한 친구들은 조금 늦는다는 연락을 받아 어디에 앉을지 고민하던 중 K의 친한 친구였던 M을 발견했다. 졸업 후 거의 10년 만이었는데 M과 그리 어색했던 사이는 아니어서 옆의 빈자리에 앉았다. 그 앞에 앉은 친구 J는 M과 K와 O.T 때 같은 조였던 친구로 역시 05학번 동기였지만 어렴풋이 얼굴만 기억하는 정도의 사이였다. 뒤이어 K의 어머니가 K의 고등학교 선배라며 남은 한 자리에 P 씨를 앉혔다. 알고 보니 그 고등학교 선배는 K의 주도로 J와 셋이 얼떨결에 노래방을 한 번 갔던 사이였다. 다들 어색하게 앉아 있는데 J가 입을 뗐다.

"여기 참 요상한 조합이네요."

그래도 다행인 것은 시간이 흐를수록 서로 약간의 연결 고리를 발견해 가며 앞에 앉은 P 씨의 대화 주도로 어색하지 않게 식사를 하고 이야기를 나눴다는 것이다. 어쩌다 보니 자기소개도 하고 각자의 직업도 이야기하게 되었다. 대학교 행정직, 제약 회사 직원, 은행원 사이에서 나를 뭐라고 해야 하나 3초 정도 고민하다가 '프리랜서 일러스트레이터'라고 소개했다. 그러자 자기들 주변에서는 흔히 볼 수 없는 직종이라며 P 씨와 J가 호기심 어린 눈을 반짝였다. 그도 그럴 것이 공교롭게도 우리 테이블의 세 사람은 다니던 회사를 그만두고 이직을 준비하거나 공부 중, 퇴사 예정이었다. 그들은 내게 '예전에는 회사를 다녔었는지', '얼마 정도를 버는지', '인터넷에 치면 나오는지' 등을 물어보았고 인터넷에 민조킹을 쳐 보더니 더 신기해했다.

어쩌면 그들의 입장에서는 매번 비슷한 직군의 사람들만 보다가 나 같은 사람을 만나면 그 자체로 반복되는 일상에 환기가 되는 느낌이지 않을까 생각했다. 나도 오랜만에 내가 하는 일에 대해 잘 모르는 사람들과 만나 이것저것 이야기해 주다 보니 괜히 어깨가 잔뜩 올라갔다. 최대한 평정심을 유지하면서 이야기했지만 괜시리 얼굴이 빨개지는 것은 어쩔 수 없었다.

식사를 마치고 나니 8시 반쯤 되었다. 다음 행선지는 작업실 오픈 파티였다. 근처에 작업실이 있는 미대 출신의 고등학교 친구를 데리고 모임 장소에 도착하니 거의 파하는 분위기였고 처음 뵙는 네다섯 분만 남아 계셨다. 그런데 신기하게도 내 친구와 거기 있던 분 중 한 분이 대학교 때 수업을 같이 들은 사이여서 어색함을 덜 수 있었다. 이야기를 나누다 보니 누구는 고향이 대구고, 누구는 학교가 홍대 미대고, 대부분이 사진이나 순수 예술을 하는 사람들로 약간의 교집합이 있었다. 나는 회사를 다니다가 일러스트레이터로 전향한 케이스라 인스타그램으로 알게 된 몇몇 일러스트 작가들과의 교류 외에 이러한 소통의 장에 참여할 수 있는 기회가 거의 없었다. 그래서 예술계의 현주소가 어떤지 피부에 와닿는 생생한 이야기를 듣는 것만으로도 내가 오랫동안 동경해 왔던 '그 세계'에 발을 들인 듯해 벅찬 감정을 느꼈다. 현역에서 활동하는 작가들 사이에서 나 역시 '작가님'으로 불린다는 사실도 감격스러웠다. 항상 혼자서 작업하고 가까운 사람들에게 조언을 구하며 때로는 고독하고 스스로 우물 안의 개구리처럼 느껴지기도 했는데.

그래서인지 오늘 이 두 자리에서 — 건실한 은행원과 뮤지컬 동호회에서 활동 중인 회사원과 자신의 작업에 대해 고민하며 묵묵히 캔버스에 젯소칠을 하다 온 화가와 — 나눈 이야기들은 나에게 새로운 자극이자 자신에 대한 각성으로 다가왔다.

2018. 08. 24

주인공이 되는 날

2018년 12월 7일, 갑작스러운 한파가 닥친 날에 나의 개인전 오프닝이 있었다.

그날로부터 정확히 19일이 지난 지금, 그날 느꼈던 후끈한 실내와 얼어붙은 바깥 공기의 상반된 온도 속에 정신을 잃을 것 같던 원초적인 기분만 남아 있다는 사실이 야속하게 느껴진다. 그리고 이 기억도 곧 흐려질 거라고 생각하니 조금은 분하기까지 하다. 왜냐하면 그날의 기억과 기분은 있는 그대로 유형의 무언가로 만들어서 가끔 꺼내 보고 싶을 정도로 황홀했기 때문이다.

어렸을 때 주인공이 되어 볼 수 있는 날은 학생 회장에 선출된다든가 수학여행 장기 자랑에서 아이돌 댄스를 추는 정도였다. 춤도 못 추고 감투 욕심도 없고 뽑힐 일은 더더욱 없는 나에게는 해당 사항이 없는 일이었다. 성인이 되고 나니 온전히 내가 주인공이 되는 일은 더 없었다. 끽해야 결혼식이나 회갑, 칠순이나 장례식일 텐데, 장수 시대라 회갑은 생략하는 분위기이고 칠순이 될 때까지 살고 싶진 않고, 장례식은 내가 죽고 난 뒤라 확인할 길이 없으니 살아 있을 때 주인공이 될 수 있는 기회는 최소 1회, 결혼식뿐인 것이다. 그런데 개인전을 하게 되면서 결혼식 이후 두 번째로 주인공이 되는 행운을 누릴 수 있었다.

초대한 지인 중 한 명이 오프닝 때 정확히 무엇을 하는지, 작품 소개 같은 것도 해 주는지 물었을 때 아무것도 안 할 거라고 말했지만 막상 많은 사람들 앞에서 발언을 해야 할 수도 있다고 생각하니 식은땀이 났다. 《일간 이슬아 수필집》 속 문장 중에 '항상 주인공이고 싶으면서도 그렇게 주목을 받으면 재빨리 세상 어느 구석으로 숨고 싶었다'는 구절처럼 주목받고 싶었지만 동시에 주목받기 싫었다.

하지만 모두가 나를 쳐다보는 상황에서 어버버하는 모습은 프로답지 못하니 약간의 준비를 하기로 마음을 고쳐먹고 메모장을 열어 최악의 경우에 대비한 최소한의 스피치를 적어 내려갔다. 그리고 잠든 남편 옆에서 내가 쓴 말을 중얼대다 늦은 새벽이 되어서야 잠에 들었다.

당일에는 남편과 종일 오빠, 전시 공간 대표님과 실장님을 비롯하여 허니문에서 갓 돌아온 단짝 친구 혜령이가 일찍부터 전시장에 나와 꼼꼼한 성격으로 내가 미처 챙기지 못한 것들을 도와주었다. 전날까지만 해도 어수선했던 갤러리가 여러 사람의 손길로 모양새를 갖춰 갔다. 시간은 어제의 불안을 바삐 느낄 새도 없이 흘렀고 사람들에게 대접할 음식도 준비되었다.

'아무도 안 오면 어떡하지'라는 바보 같은 생각을 했던 것도 잠시, 시간이 되자 사랑하는 사람들이 각자 축하의 마음을 들고 하나둘씩 찾아왔다. 꽃으로, 선물로, 손편지로, 케이크로, 따뜻한 포옹으로 인사를 건네주었다. 사람들은 음식을 먹고 와인을 마시며 나의 지난 5년간의 결실들을 찬찬히 감상했다. 쌀쌀했던 실내의 공기는 사람들의 온기로 금방 따뜻해졌고 나는 기꺼이 금요일 밤을 내준 사람들에게 감사의 인사와 안부를 전했다. '우리가 사랑한 순간들(둘만의 방)'이라는 주제에 맞게 전시한 그림들을 보며 이런저런 감상을 들려주었고 나는 그 말들을 새겨들었다. 오랫동안 나의 그림을 지켜봐 온 사람들은 향후 나의 작업 방향에 대한 조언도 아끼지 않았다.

이어서 친한 언니가 준비한 작품집과 똑같은 모양으로 만들어진 특대형 케이크가 등장했고 언니의 주도하에 모두의 이목이 집중됐다. 설마했던 순간이 정말로 다가왔고 케이크에 꽂은 초에 불을 붙이는 약 30초 사이에 어제 새벽에 연습했던 말들을 머릿속으로 빠르게 되뇌었다. 그곳에 모인 사람들은 나를 에워싸고 모두가 나를 지켜보았다. 정적 속에 나의 목소리와 낮은 배경 음악만이 흘렀고 나는 준비한 말들을 천천히 뱉었다.

목소리는 떨렸지만 편안한 기분이 들었다. 경청해 주는 사람들의 얼굴을 보며 눈을 맞추고 나의 이야기를 전했다. 편안함을 넘어선 희열이 느껴졌다. 행복하다고 느꼈다. 행복해서 슬프기까지 했다. 하지만 이것이 무슨 감정인지 파악할 새도 없이 스피치가 끝났고 종일 오빠의 짧은 축사와 함께 건배를 외치며 잔을 부딪쳤다.

지인들은 '싫다더니, 시키지 말라더니 말 잘하네? 안 시켰으면 큰일 날 뻔했어?'라며 나를 놀려 댔고 중간중간 돌발 질문으로 인해 당황하는 모습을 보고 빵 터진 나의 오랜 지인들은 '무슨 작가가 이렇게 찐따 같냐'며 놀리기도 했지만 그런 어설픔마저도 매력으로 포장해 주었다. 내가 무슨 짓을 해도 그 안에서는 용서받을 수 있을 것만 같던 날이었다.

신데렐라

오프닝을 마친 다음 날 아침, 남편과 은희네 해장국에서 밥을 먹는 내 모습은 자정의 마법이 풀려 다시 누더기를 걸친 신데렐라의 몰골 같았다. 신데렐라는 예쁘기라도 하지.

어제의 일들이 꿈같이 느껴진다. 나를 알고 축하해 주기 위해 온 사람들 속에 반짝거리던 어제의 나와 내가 누구인지 알 필요도, 관심도 없는 사람들 속의 꼬질꼬질한 오늘의 나.

하지만 전과 달라진 것이 있다면 나의 어떠한 모습도 사랑할 수 있게 되었다는 것이다.

위로

전시 오프닝을 한 다음 날, 김동률 콘서트에 가게 되었다. 김동률에 대해 잠깐 내 견해를 이야기하자면 사실 20대 초중반까지만 해도 김동률의 음악은 별로 좋아하지 않았다. 내 기억 속에 김동률은 살아 있는 화석 같은 느낌이었다. 분명 옛날 사람인데 방부제를 친 것처럼 너무 한결같아서 소름 끼치는 사람. 늙지 않는 외모만큼 음악 역시 한결같은 사람. 항상 굵은 중저음의 목소리로 미련이 철철 넘치는 청승맞은 가사를 쓰는 가수라고 생각했었다. 그러다 20대 후반을 달려가던 어느 날, 극장에서 〈건축학개론〉을 본 뒤로부터 김동률의 음악이 달리 들리기 시작했고, 비로소 그의 음악적 깊이를 감당할 수 있는 나이가 된 것 같았다.

아무튼 1초 컷으로 매진된다는 그의 콘서트에 가게 된 것은 아주버님이 준비하신 뜻밖의 선물 덕분이었다. 어느 날 배달된 등기 우편에는 용준이와의 결혼 후 3년 동안 아무것도 해 준 것이 없다며 웃돈을 주고 구한 콘서트 티켓과 함께 용준이를 잘 부탁한다는 편지가 들어 있었다.

사람들로 빼곡히 찬 콘서트장에 들어서니 한 치의 흐트러짐도 없는 김동률의 목소리가 울려 퍼지고 있었는데, 김동률과 코러스, 오케스트라와 세션 그리고 조명까지 어느 것 하나 완벽하지 않은 것이 없었다. 김동률의 콘서트 티켓을 구하기가 왜 하늘의 별 따기만큼이나 어려운지 알 수 있었다.

하지만 내가 엄청난 충격을 받은 것은 1부가 마무리되고 난 후 인터미션 때였다. 화장실을 가려는데 한 영상이 흘러나오기 시작했다. 김동률과 주변 지인들의 인터뷰 영상이었다.

'2015년 공연 앵콜 때였던 것 같다. 갑자기 이 순간이 너무 아름답고 행복해서 미치도록 슬펐다'라는 말이 스크린에서 흘러나왔을 때 나도 모르게 주체할 수 없는 감정이 몰려왔고 그것을 추스를 새도 없이 그의 말이 이어졌다.

'내가 많은 것을 누려 왔구나, 정말 행복하구나…… 그런데 영원하지는 않겠구나…… 그러면 나는 어디까지 갈 수 있지? 이제 뭐가 남았지?등을 생각했다'고 그는 나지막이 고백했다.

이토록 완벽한 사람이 고백하는 슬럼프는 그보다 훨씬 미약하고 보잘것없는 나에게 큰 충격으로 다가왔다. 못생긴 얼굴로 울고 있는 나를 발견한 남편이 왜 우느냐고 물었지만 대답할 수 없었다. 어떤 말로도 다 담을 수 없는 감정이었다.

그날 이후 그의 말에 왜 그렇게 크게 동요했는지 계속해서 생각했다. 그의 말들은 전시가 끝날 때까지 짙은 여운을 남겼다.

나의 지난 5년과 전시를 준비했던 3개월 남짓의 시간, 첫 개인전 오프닝의 순간들을 떠올리다 보니 그가 느꼈던 감정이 바로 내가 어제 느꼈던 기분과 닮아 있어 그의 말에서 위로 비슷한 것을 받았던 것 같다.

김동률처럼 정점을 찍어 본 것도 아니고 아직 가야 할 길이 멀기에 그와 비교하는 것 자체가 말도 안 되지만 나에게도 고민이 있었다. 개인전 이후 앞으로의 또 다른 시작에 대한 불안과 계속 더 나은 모습을 보여 주어야만 작가로서 살아남을 수 있을 거라는 압박 속에서 한계에 부딪힐 때마다 좌절하기도 했었다. 그렇게 인고의 시간을 통해 만들어 낸 결과물이었기에 그에 대한 많은 사람들의 사랑을 두 눈으로 확인하고 나니 나도 모르게 슬퍼진 것이다.

그의 말은 위로에 그치지 않고 방향성을 제시해 주었는데 한마디도 놓치면 아쉬울 것 같아 인터뷰 뒷부분을 그대로 옮기고 싶다.

"'김동률의 음악은 늘 똑같다'는 얘기를 듣기도 한다. 발전이 없다는 이야기인지 변화가 없다는 이야기인지 모르겠다. 그 두 개는 나에게는 다르다. 만일 변화가 없어서 늘 같다는 이야기를 듣는 거라면 왜 변해야 하나? 요즘은 너무 많은 것들이 빨리 변한다. 그런데 내가 좋아하는 것들은 변하지 않았으면 좋겠다. 내가 좋아하는 작가의 글, 도시의 풍경, 좋아하는 음식점의 맛……" 그리고 "사람들은 누구나 훌륭한 것을 선택할 수 있고, 나도 내가 잘하는 것을 더 잘할 수 있는데, 그렇게 하기도 힘든데…… 한 사람에게 왜 모든 것을 요구할까. 잘하지는 못해도 하나쯤은 열심히 하는 그런 아티스트로 남고 싶다. 내 음악관은 변화를 위한 변화가 아니라 내가 해 온 스타일 안에서 변화를 시도하며 열심히 하는 것이다. 요즘 나의 화두는 한 사람으로, 음악 하는 사람으로 '잘 늙어가고 싶다'는 것"이라는 말을 끝으로 인터뷰가 끝났다.

나는 다시 한 번 나에게 일어난 기적 같은 일에 대해서 생각했다. 전시를 했던 한 달 동안의 시간은 무엇과도 바꿀 수 없는 소중한 시간이었다. 직접 보니 온라인으로 볼 때보다 훨씬 더 좋다고 말해 준 사람들, 건조한 우리나라를 촉촉하게 해 줘서 고맙다던 어느 작가님의 편지, 아무것도 아닌 내 앞에서 손을 떨며 조심스럽게 사인이나 사진 촬영을 요청하던 사람들, 성性에 대한 인식이 나 때문에 바뀌었다며 말해 주던 사람들 한 명 한 명이 나에게는 기적이었다.

그림을 그리기 시작한 순간부터 전에는 상상하지 못했던 일들이 자꾸만 나에게 일어났고, 이보다 더 새로운 감동을 받을 일이 또 있을 것이라 생각하지 못했는데 전시를 하면서 매일매일이 경이로운 감동의 순간이었다. 내가 그런 행복을 누려도 되는 자격을 가진 사람인지 잠깐 의심했지만 의심은 잠시 접어 두었다. 행복해서 슬프다며 내게 주어진 멋진 현재를 놓치고 후회하는 바보가 되지 않기로 했다. 행복한 작가로서 지금처럼 하고 싶은 것들을 성실하게 해내며 활동하는 것이야말로 내가 느꼈던 분에 넘치는 감사함을 돌려줄 수 있는 방법이라고 생각했다.

고모의 편지

네 엽서 받았다.

언제부턴가 우체통에는 온갖 고지서와 영수증만으로 꽉 차 버렸고 친한 친구와도 편지보다는 메일이나 싸이에서 겨우 만나게 되고, 거의 핸드폰에 지배를 받는 세상에서 누군가에게 소식이 온다는 것은 잊고 산 지 오래란다. 그래서 네가 보낸 한 장의 엽서는 이슬 같은 느낌이었다. 친필로 또박또박 정성스레 써 내려간 글씨에 고모에 대한 마음이 보였단다. 작지만 내게 그 어느 것보다 고마운 선물이 되었다. 더군다나 내가 제일 좋아하는 쉴레의 그림이었잖니? 며칠 동안 가방 속에 넣어 가지고 다니다 학교 내 책상 유리판 밑에 깔아 놓았단다. 매일 이 엽서와 마주칠 때마다 널 생각하게 될 것 같다.

참, 청량리 할머니가 네게서 편지가 왔다고 너무너무 좋아하시더라. 잘했다 민조야.

뉴욕의 생활은 어떠니? 아마 거기 날씨가 서울보다 약간 더 추울 걸. 몇 년 전에 미국 서부는 갔었는데 뉴욕은 어떨까? 현대 미술뿐만 아니라 세계 예술의 중심지이고 다양한 사람들이 모이는 곳, 내가 가 보고 싶은 곳 중의 하나야. 뉴욕에는 유명한 갤러리와 미술관이 많잖아. 언젠가는 꼭 가 볼 생각이야. 우리나라 학생들이 유학이다 연수다 하고 가지만 막상 뉴욕으로 가는 학생들은 드물지. 물가가 워낙 비싸니까. 그런 점에서 민조는 엄마께 감사드리고 너에게 이런 행운이 온 것에 대해 좋은 기회로 삼아야 할 것 같다.

우리 홍석이가 네 소식 듣고 엄청 부러워하더라. 홍석이는 얼마 전 선화예고 시험을 봤었는데 미끄러졌다. 사실 4월부터 준비를 했으니 좀 늦은 편이었지. 9월, 10월에는 매일 밤 12시까지 그렸는데, 그때 그림이 많이 늘었지. 어차피 미술 대학에 갈 생각이니 억울하지는 않아. 홍석이가 미술을 하는 것이 어울릴 것 같니?

참, 민조가 일본에서 중학교 다닐 때도 미술을 하고 싶어 한다는 이야기를 들었었다. 그때 만약 서울이었다면 미술 학원이라도 다녀 보게 하는 건데……. 넌 미련은 없니? 혹시 관심이 있거나 정말 아쉽다면 언제든지 시작해도 되지 뭐. 그런데 요즘은 미술하는 학생들이 워낙 많으니까 웬만큼 해서는 미대고 뭐고 들어가기도 어렵고 나와도 힘들다고 하더라.

민조야, 그곳 생활에 힘든 점은 없니? 연수는 잘되고 있지? 짧은 기간 동안 말이 유창하게 늘지는 않더라도 그곳에서 보냈던 경험이나 추억은 너에게 자양분이 될 거야. 좋은 사람들도 많이 만나고, 하고 싶은 것도 많이 하면서 너의 20대를, 찬란한 20대를 멋지게 보냈으면 좋겠다.

참, 어젯밤에 첫눈이 왔단다.

2007. 11. 20/PM 12:31

PART
2

인생은 실전입니다

이 집 타로 잘하네

집 근처에 타로 카드 집이 생겼다. 처음에는 친구랑 목요일에 갔는데 문이 닫혀 있어 다음 날인 금요일 낮에 다시 방문했다. 버둥대지 않는 운영 방침 때문에 왠지 더 신뢰가 갔다.

무엇이 궁금하냐는 질문에 우리 둘 다 일에 대해 물었다. 나도 친구도 한 치 앞을 내다볼 수 없는 프리랜서이기 때문에 무엇보다 궁금한 부분이었다. 수십 장의 카드 중 몇 장을 골랐고 마스터는 카드를 보며 해석을 시작했다.

타로 마스터의 말에 의하면 나와 친구 둘 다 공통적으로 끼가 많고 활발하여 많은 사람들에게 사랑을 받는 타입이지만, 내면은 완전히 다르다고 했다. 친구는 굉장히 예민하고 완벽주의여서 이루고자 하는 것을 될 때까지 밀어붙이면서 스스로를 몰아붙이는 예술가형이라 했고, 나는 차분하고 여성스러운 면이 있으며 안정적인 것을 추구하기 때문에 함부로 일을 벌이지 않고 신중한 타입이라 상업적인 것에 더 잘 어울린다고 해서 뜨끔했다가 내심 서운했다.

어느 정도 맞는 말이라 생각했지만 어릴 때처럼 괜히 오바육바를 떨면서 맞장구를 치진 않았다. 그럼 마스터가 귀 얇은 내 성격을 간파하고 더 신이 나서 떠들어 댈 테니까.

원래 이런 것은 재미로 보고 금방 잊어버리는 편인데 그날은 집에 와서도 계속 점괘를 곱씹게 됐다. 마스터 왈, 나의 커리어는 지금이 최상인데 앞으로는 내가 더 적극적으로 움직여야 한다고 했다. 그럼 지금까지 내가 적극적이지 않았다는 것인가? 소극적이지도 않았지만, 운이 좋았던 부분도 조금은 인정. 예술적 감수성이 부족하다는 얘기를 들었을 때 살짝 뜨끔한 것도 내가 항상 부족하다고 느낀 부분을 콕 짚어서 이야기했기 때문이다. 그렇다고 의기소침해질 필요는 없다고, 갖지 못한 것을 안타까워하기보다는 나의 강점을 발전시켜서 나만의 영역을 구축해 가면 된다고 마음을 굳히려는 찰나…… 문득 이런 생각이 들었다.

'앞으로 나는 좀 더 상업적인 그림을 그려야 하는 것일까?'

'상업적인 것과 예술적인 것의 구분은 무엇인가?'

'웹툰은 상업적이고 순수 미술은 예술 그 자체인가?'

'내가 진짜 원하는 것은 무엇인가? 돈? 아니면 예술가로서의 인정이나 명예?'

흔히 '상업적'이라고 하면 부정적인 시선으로 바라보는 경향이 있고 특히 예술 쪽에서는 더 심한 편인데, 나는 상업적인 것이 꼭 나쁘다고만은 생각하지 않는다. 예술도 좋지만 배고프기는 싫다. 나의 작품이 잘 팔려 돈을 벌 수 있으면 좋은 것 아닌가? 회사원이 직장에서 일을 하고 월급을 받는 것처럼 나는 그림을 그려 밥벌이를 하는 사람인데 상업적이어서 안 될 게 또 뭐람?

이렇게 생각하고 보니 어쩐지 타로의 점괘가 더 찰떡같이 들렸고 결론은, 이 집 타로 잘하네.

오늘도 잘 참았다

작가로 불리기 시작하면서 다른 사람들과 일을 할 때 어느 선까지 나이스하게 굴어야 하는지 고민하게 된다. 상대방이 같은 실수를 반복하면 나도 사람인지라 참는 데 한계가 있다. 하지만 '혹시 나중에 또 다른 기회로 만나게 되지는 않을까', '싸가지가 바가지인 작가라는 이미지를 심어 주었는데 마침 그가 업계에서 엄청난 영향력이 있는 사람이라 나에 대한 소문을 안 좋게 내 버리면 어떡하지'하는 걱정을 하게 된다. 그래서 너무너무 화가 치밀어도 끝에는 가식적인 이모티콘을 붙이며 마무리한다. 그러나 아무리 평정심을 유지한 척해도 나의 말투와 문장에는 이미 인내심의 한계에 다다랐다는 것이 덕지덕지 묻어나는데 이것만은 나로서도 어쩔 도리가 없다.

그럴 때 나의 분노를 들어 주는 대상은 주로 남편이다. 가령 '이 사람들 진짜 미쳤나 봐. 내가 계속 친절하게 대하니까 호구로 보이나? 아 존나 무례하네. 궁시렁 궁시렁'하고 격분해서 이야기하면 남편은 '다른 일에 집중해 봐'라든지 아니면 웃긴 동영상을 보여 주고는 '이거 보고 잠시 화를 삭여 봐'라고 한다. 그렇지만 내 머릿속은 이미 분노로 가득 차 웃긴 동영상 따위는 눈에 들어오지 않고 막말 문자나 메일을 보내는 모습을 시뮬레이션 하는데, 시뮬레이션은 항상 시뮬레이션에서 그치고 만다.

"아, 그거 하나 해 주는 데 더럽게 오래 걸리네요."

라고 쓰고 싶지만

"기다리기 지치네요."

라고 쓴다던지

"제가 원하는 스타일이 아니네요."

라고 쓰고 싶지만

"제가 추구하는 방향과는 조금 다른 것 같습니다."

라고 하는 것이다.

그게 그거 같겠지만 나름의 완곡하면서도 나의 감정을 최소한으로나마 전달할 수 있는 말로 바꾸는 것이다.

그리고 마지막에는 결국

"네, 저도 감사해요!"

해 버리고 만다.

아, 나는 끝까지 나이스했고

오늘도 최선을 다해 참았다.

인생

한 출판사 대표님과 만나 미팅을 하면서 이런저런 이야기를 하다가 일러스트레이터 출신 편집자님에 대한 이야기를 들었다. 원래는 기자였다가 그림에 소질을 발견하고 프리랜서로 전업하여 꽤 오래 활동하다가 다시 출판사에 취직한 케이스였다.

그 이야기를 들으니 회사에 다니면서 그림을 병행하던 시기에 들었던 조언이 생각났다. 프리랜서가 되면 여러 제약들이 있고 벌이의 폭이 들쑥날쑥하기 때문에 지금처럼 회사원과 일러스트레이터의 투 잡 포지션이 굉장히 좋은 밸런스이니 회사를 그만두지 말라는 조언이었다.

한동안은 두 가지를 병행하다 결국은 회사를 그만두었는데, 그 결정에 대해서는 지금도 후회 없는 선택이라 생각한다. 하지만 그 선택의 무게를 심각하게 체감하지 못한 것은 안정적인 직장에 다니고 있는 남편이 있었기 때문이다.

일러스트레이터 출신의 편집자님 이야기를 듣고 나니 앞으로 나의 미래에 대해서 생각하지 않을 수 없었다. 지금이야 나를 찾아 주는 사람들이 많지만 사람들이 나를 찾아 주지 않을 때를 대비해야 할 필요성을 조금씩 느끼고 있는 요즘이다.

개인적인 바람으로는 계속해서 좋은 그림과 좋은 이야기를 들려줄 수 있는 사람이고 싶지만 원한다고 다 이루어질 수 없는 것이 또 인생이니까.

회사원과 프리랜서

오늘은 남편이 출근 준비를 하는데 모처럼 환했다. 이윽고 봄이 온 것이다. 남편은 항상 어둑할 때 일어나 내가 깰까 봐 불도 못 켜고 어둠 속에서 스킨로션을 바르는 지라 일어나 스탠드를 켜 주고는 했다.

밝은 아침이 낯설어 나도 모르게 눈이 떠져 한참을 멍 때리다 보니 월요일이라는 사실이 새삼스럽게 느껴졌다. 그렇다. 내 모습은 현재의 삶에 맞춰 서서히 바뀌어 가고 있었다.

2년 전의 나는 이 시간에 출근을 준비하고 붐비는 만원 지하철에 올라 (가끔) 전날 먹은 술 때문에 배가 아파 중간에 내려 화장실에 들를까 말까 고민하는 것이 일상이었다. 하지만 지금은 일상의 많은 것이 바뀌었다.

남편은 일요일 저녁의 나를 가장 부러워한다. 출근에 대한 압박이 없기 때문이다. 나도 열심히는 살고 있지만 잠은 자고 싶은 만큼 잘 수 있기에 항상 잠이 부족한 남편이 볼멘소리를 하면 괜히 미안해져서 오히려 큰소리를 내게 된다.

"프리랜서도 힘들거든!"

한번은 다시 회사원을 하라고 하면 할 수 있을까 생각해 본 적이 있다. 못 할 것도 없고 하면 또 엄청 잘할 것 같지만 이왕이면 프리랜서로 더 버텨 보기로 했다.

직업병

가끔은 야한 것을 그만 그리고 싶다는 생각이 든다. 특히, 웹툰을 작업하면서는 매주 새로운 소재를 찾기 위해 19금에 대한 생각을 24시간 풀가동해야 했는데 무척 고됐다. 내가 야한 것을 좋아하기는 하지만 그런 나도 앉으나 서나 자기 전이나 밥 먹을 때까지 야한 생각을 하고 싶지는 않다. 사람이 몇 시간 동안 아무것도 없는 방 안에서 그저 가만히 앉아만 있어도 정신병에 걸린다고들 하는데, 종일 섹스에 대해 생각해야 한다니. 아마 남자였다면 체내의 단백질을 모두 잃어버렸을 지도 모른다.

원래는 므흣한 기분을 느끼기 위해, 몸매 좋은 여성 배우의 흔들림을 보는 것이 좋아(?) 야동을 봤었는데 지금은 체위나 기술 등의 시각 자료를 찾기 위해 굉장히 사무적인 태도로 본다. 남녀의 정사를 하루에 한두 컷 일러스트로 그리는 것은 즐거웠지만 요즘처럼 매일 야한 장면을 구상하는 것은 여간 고역이 아니다. 정말이지 그림을 진짜 일로 느끼게 되어 버린 듯한 요즘*이다.

◇◇◇◇◇

* 요즘은 살색 그림보다 연애 초기의 터질 듯한 설렘을 표현하는 에피소드를 그릴 때 더 설렌다.

좌절의 쓴 맛

초등학교 6학년 때 통일을 주제로 그리기와 글쓰기를 하여 상을 주는 경연이 있었는데, 최종 후보로 내가 그린 포스터와 글쓰기 부문에서 1등을 한 에세이가 선정되었다.

선생님은 먼저 내 그림을 교탁 앞에서 높게 들어 올려 30초 정도 보여 주며 '후보 1'이라고 한 뒤 이어서 친구의 에세이를 반 친구들에게 읽어 주고는 '후보 2'라고 했다. 그런 다음 친구들에게 더 잘했다고 생각하는 작품에 거수하라고 했다. 그렇다면 결과는?

내 그림보다 다른 친구의 글에 손을 든 아이들이 더 많았고, 결국 나는 구령대에 올라가 교장 선생님께 상장을 받을 수 있는 기회*를 놓치고 말았다.

애초에 글과 그림을 비교하는 경연 방법이 이해되지 않았

◇◇◇◇◇

* 살면서 구령대에 올라가 상을 받은 적이 딱 한 번 있었는데 상 이름이 학업 증진상인가 뭐 그런 이름이었다. 그 상은 어떤 과목에서 지난 시험보다 월등히 높은 점수를 받았을 때 주는 상이었다. 나의 경우 중간고사 때 한자 40점을 맞고 거의 집에 감금당하다시피 하면서 한자를 외워 다음 기말고사 때 90점을 맞아 50점이나 올랐다고 받은 것인데 지금 생각해 보니 참으로 어처구니없는 상이었다. 만약, 내가 통일 포스터 그리기로 상을 탔다면 내 인생에 구령대 수상이 두 번이라는 업적을 남겼을 것이고, 학업 증진상보다는 그럴 듯했을 것이다.

지만, 표면적으로 봤을 때 내 그림의 깊이가 덜 해 보는 사람을 확 끌어당기지 못해서 떨어진 것이라며 스스로를 위로했다. 친구의 글을 읽어 준 시간만큼 내 그림을 반 친구들에게 보여 줬다고 해도 결과는 달라지지 않았을 거라고 생각하면서.

불안

이대로 가다가는 소가 될 것 같았다. 그도 그럴 것이 얼마 전에 웹툰 연재를 끝냈다. 마음 같아서는 한 달 정도 푹 쉬고 싶었으나 하반기에 세워 놓은 계획을 달성하려면 시간이 빠듯해 스스로 타협한 것이 2주 동안의 휴식이었다.

하지만 쉬기로 한 지 3일 정도 지났을까, 그때부터 불안해지기 시작했다. 놀고 싶은 마음과 놀면 안 된다는 마음이 충돌했다. 텔레비전을 보면서도 친구와 만나고 있어도 마음속에는 돌덩이가 들어 있는 기분이었다. 이것은 쉬는 것도 그렇다고 일을 하는 것도 아니었다. 아무것도 없던 손에 무언가를 쥐어 주었더니 겁이 나서 손을 펴지 못하고 벌벌 떠는 어린아이 같았다.

결국, 책상 앞에 꾸역꾸역 앉았지만 귀신이라도 들린 것처럼 쇼핑몰, 음악, 디깅* 등 일과 상관없는 것들을 했다. '어, 이거 어디서 많이 본 패턴인데'하고 곰곰이 생각해 보니 공부만 하려고 하면 어질러진 책상과 서랍이 눈에 들어와 공부는 뒷전으로 한 채 방 정리를 하던 학창 시절과 오버랩되었다. 그러다 '내가 이렇게 집중하지 못하는 이유는 주거 공간과 작업실이 분리되

◇◇◇◇◇

* Digging, 파기

어 있지 않고 한곳에 있기 때문'이라는 생각이 들어 엄청난 깨달음을 얻은 양 곧바로 원룸이나 사무실을 구하는 어플을 깔고 다시 디깅을 시작했다. 덕분에 하늘만큼 치솟은 동네 시세만 알아 버리고는 한숨 섞인 혼잣말. '까불지 말고 집에 한 자리 차지하고 있는 내 방 한켠, 일명 '민조킹 작업실'에서 최선을 다 해라 김민조.'

그렇게 다짐을 하고 시계를 보니 벌써 잘 시간. 이런 식으로 며칠을 어영부영 흘려보냈다. 이럴거였으면 차라리 그냥 마음 편히 쉬어도 됐을 텐데.

왜 마음 놓고 놀지 못하는 것일까? 1년도 아니고 몇 달도 아니고 고작 2주 만에 사람들에게 잊힐까 봐 두려워서? 폼이 떨어질까 봐? 회사에 다닐 때처럼 그날 하루 동안 정해진 업무량이 있는 것도 아니고 닦달하는 상사†도 없는데, 언제부터인가 혼자 엄격한 기준을 세워 그림 할당량을 채우지 못하면 큰일이라도 날 것 같은 불안함이 생겼다.

주어진 자유 시간을 오롯이 나를 위해서 쓰는 것이 이토록 어려운 일이었던가. 일도 똑 부러지지 못하면서 노는 것도 어설픈 나에게 적잖이 실망한 하루였다.

◇◇◇◇◇

† 가끔 남편이 상사처럼 잔소리를 하기는 한다.

관행

일러스트레이터 일을 하는 동생 Y와 오랜만에 밥을 먹었다. 나는 열심히 만화를 그리느라 Y는 굵직한 회사들의 외주 일러스트 디자인 작업을 하며 바쁘게 사느라 거의 6개월 만에 만났다. 회사에 다닐 때는 부서를 차별하고 야근을 강요했던 상사들을 욕하기 바빴다면 이 일을 하면서는 어떤 클라이언트가 더 몰상식했는지 그래서 얼마나 괴로웠는지 성토 대회가 열렸다.

그날도 역시 이상한 회사들에 대한 이야기를 했다. Y는 감성적인 이미지 메이킹으로 각광받고 있는 브랜드와 정기적인 프로젝트를 진행했는데 첫 달만 제대로 정산을 해 주고는 6개월 간 정산을 미뤘다고 했다. 중간중간 담당자를 바꿔 가며 정산을 부탁했지만, 돌아오는 답변은 다른 작가들의 정산이 밀려 있으니 조금만 기다려 달라, 죄송하다는 말뿐이었다. 그 '조금만'이 모여 6개월이 지났고 다음 달까지는 꼭 정산을 해 주겠다는 답변에 마지막 인내심으로 한 달을 더 기다렸지만 약속한 날짜에 정산금이 들어오지 않았다. 결국 Y는 정중한 어조로 '자신을 포함 여러 작가들이 금전적인 손해를 보는 일을 막기 위해 이 상황을 공론화시키겠다'는 의사를 전했고, 회사는 공론화에 겁이 났는지 바로 입금을 해 주었다고 했다. 그는 바로 입금해 줄 거면서 왜 그때까지 미루었는지에 대한 의문과 혹시 이 정산금도 다른 작가가 받을 것을 자신이 먼저 받은 것은 아닌가 하는 찝찝함만 남긴 프로젝트였다며 혀를 내둘렀다.

나도 이와 비슷한 일을 겪은 적이 있다. 클라이언트의 실수로 돈을 더 주어야 하는 상황이 발생했는데 거의 한 달이 넘도록 감감무소식이었다. 담당자는 결재를 올렸는데 왜 입금이 안 되는지 모르겠다며 남의 일처럼 이야기했다. 참고 또 참다가 담당자에게 상사의 연락처를 받아 내서 메일을 보냈더니 보내자마자 마치 먹고 떨어지라는 듯 아무런 회신 없이 돈만 딱 입금되었다. 정말이지 경악을 금치 못할 일이었고 마음속으로 그 회사가 망하길 빌었다. 그래픽 디자인 외주 작업을 많이 하는 S에게 이런 답답한 심경을 토로했더니 그것이 '관행'이라고 했다.

"디자인 분야는 더 심해. 어떨 때는 6개월에서 1년 뒤에 정산이 되기도 하고, 최악의 경우는 고생 고생해서 작업을 다 했더니 갑자기 프로젝트가 엎어져서 돈 한 푼 못 받는 경우도 있어. 이제는 워낙 그런 일이 많다 보니 그러려니 해."

이미 보살의 경지를 넘어선 S의 말을 듣고 보니 그가 업계에서 일을 많이 하는 이유를 알 것 같았다. 하지만 더 심한 경우를 듣자며 상담한 것도 아니고 업계에서 보살이 되고 싶은 것은 더더욱 아니었다.

나는 여전히 의문스럽다. 관행이란 도대체 무엇일까. 관행이라서, 관행이니까……도대체 관행이 무엇이기에. 다들 그렇게 하는 것이 관행이니 약속 따위는 지켜지지 않아도 된다는 것일까. 그렇다면 그런 관행이 계속 이어져서는 안 되는 것 아닐까?

슬럼프

예전에 친구 아방이 나에게 슬럼프를 겪은 적이 있느냐고 물어본 적이 있다. 당시에는 질문을 받고 한참을 생각했는데, 그 단어로부터 연상되는 경험이 쉽게 떠오르지 않았다. 그래서 '아직 슬럼프는 겪어 보지 못한 것 같아'라고 대답했다.

요즘 들어 그때의 대화가 자주 떠오르는 이유는 내가 지금 겪고 있는 것이 슬럼프가 아닐까 하는 생각이 들어서이다. 업무 메일에 대한 회신은 미룰 수 있을 만큼 최대한 미루고 싶고, 어떨 때는 내가 그린 그림들을 모조리 불태워 버리고 싶다. 표현의 한계를 느낄 때마다 나는 왜 이렇게 그림을 못 그릴까 자책만 하게 되고 그래서인지 누워만 있고 싶다. 내가 지금 이러는 것은 절대로 일에 대한 권태기 때문이 아니라며 괜히 무더운 날씨 탓을 해 보지만 그런 생각조차 한심하고 못나 보이는 것은 어쩔 수 없다.

어디선가 글을 읽었는데 슬럼프는 뜻대로 잘 안 풀리는 상황과 게을러져 버린 자신을 합리화하기 위한 그럴 듯한 핑계일 뿐이라고 했다.

'좋아하는 일을 직업으로 삼게 되어서 기뻐! 난 그림 그리는 게 세상에서 제일 즐거운 사람이라고!'

이런 말들을 자랑스럽게 떠벌리고 다녀 놓고 그런 마음을 갖다니…… 배가 불러서 정신이 나간 게 아닌가 하는 생각까지 들었다.

이런 감정이 휘몰아치는 와중에 우리 집에서 1년 넘게 수업을 해 온 학생 M 씨가 도착했다. 선생과 학생 사이의 케미를 넘어 인간적으로도 합이 잘 맞아 이야기를 나누다 보면 큰 힘이 될 때가 많았기에 그날도 어김없이 현재 나의 상태를 털어놓았다.

"저는 그림 그리는 게 제일 좋았는데 요즘은 예전 같지 않아요. 다 너무 귀찮아요. 그런데 이런 마음을 가지면 안 될 것 같아요."

그러자 그녀가 말했다.

"그냥 노세요. 지금까지 많이 쏟아 내셨으니까 다시 채울 시간도 필요하잖아요. 어디 바람이라도 쐬러 갔다 오세요. 그리고 귀찮을 수 있죠. 사람이 어떻게 맨날 열정적이기만 할 수 있답니까. 쌤은 지금 그냥 지친 거예요."

그 뒤로 일주일이 흘렀고, 무기력한 것은 좀 괜찮아졌냐는 물음에 나는 봇물 터지듯 여전히 해결되지 않은 고민을 늘어놓았다.

"제 그림은 그냥 똥이에요. 제 능력에 비해 너무 많은 것이 뻥튀기되어 보이는 것 같아요. 지금 제가 하는 모든 것이 마음에 안 들어서 재정비할 시간이 필요한데 다른 일들 때문에 그럴 여유가 주어지지 않아 화가 나요."

그러자 그녀는 자신이 회사에서 담당하고 있는 아티스트 A에 대한 이야기를 해 주었다.

A는 몇 년 간 쉬지 않고 곡 작업을 했는데, 어느 날 갑자기

아무것도 써지지 않게 되어 두려워하고 있으며 능력치에 비해 많은 것이 과대평가되었다고 생각해 무척 괴로워한다고 했다. 그러면서 자신이 엄청 큰 포장지에 싸인 것 같다는 말까지 덧붙였다고 했다.

분야는 다르지만 그 아티스트의 심정이 정확히 나의 현재 심정과 일치하는 듯해 현타가 왔다. 나와 같은 고민을 하는 사람이 또 있다는 생각에 잠시 위안이 됐지만 그렇다고 현재의 불안이 단박에 극복되지는 않았다.

나도 안다. 지금 이렇게 고장 난 마음을 제대로 고쳐 놓을 수 있는 사람은 나밖에 없다는 것을. 그래서 나는 마음 수선을 위해 가장 먼저 해야 하는 일로 일단 아무것도 하지 않는 것을 선택했다.

열정의 첫 미팅

첫 미팅은 잊으려야 잊을 수 없는 날이었다. 취미로 그림을 그리는 나에게 한 광고 회사에서 연락이 왔다. 그전까지는 '저랑 남친이 곧 200일인데 남친이 군인이에요. 서프라이즈 선물을 해 주고 싶은데 혹시 저를 위해 (공짜로) 그림 좀 그려 주실 수 있나요?' 이런 메시지만 받아 왔던 터라 아무것도 아닌 나에게 광고 회사에서 협업 제의가 왔다는 자체만으로도 가슴이 뛰었다.

이태원의 사무실에 방문하니 대표님을 비롯하여 나를 팔로우하고 계신 직원분들이 친절하게 맞아 주셨다. 탁 트인 옥상을 가진 멋진 뷰의 사무실이었는데 가자마자 유성 매직을 쥐어 주시며 옥상 흰 벽에 (공짜로) 그림을 그려 달라고 하셨다. 당시 나는 이렇게 큰 도화지를 선뜻 내어주어 감사하다며 얼떨결에 재능 하나를 기부했다.

그리고 미팅 시작. 광고 회사는 해외에 거주하는 재외 동포들과 엽서를 주고받는 캠페인을 진행하고 있었는데 그 엽서에 들어갈 그림을 그려 주었으면 좋겠다고 했다. 나는 들뜬 꿈에 부풀어 올랐다. 내 그림이 들어간 엽서가 세계 각국으로 날아간다니. 정식 일러스트레이터는 아니지만 공식적인 나의 첫 외주 작업이라는 생각에 흥분을 감출 수 없었다. 시안은 그릴 수 있을 만큼 그리기로 했고 그중에 4-5점을 고르기로 했다. 대표님은 이번 기회를 통해 우리가 보다 더 가까워지고 나아가서는 가족 같은 느낌으로 지내기를 바란다고 하셨다. 개인적으로 취업 포털 사이트의 회사 설명에, '가 족 같은 분위기'라는 말을 좋아하지 않아 그 말을 듣고 물음표가 잠시 떴지만 금방 잊어버렸다.

미팅을 한 후에 진행 여부를 결정한 것이 아니라 가기 전부터 무조건 긍정, 승낙, 오케이의 마음가짐으로 갔기 때문에 집에 돌아와서는 열정적으로 브레인스토밍을 시작했다. 그런데 그전과 조금 다른 점이 있었다. 전에는 취미로 그림을 그려 왔기 때문에 그날그날 내가 그리고 싶은 그림을 그렸다면 이번에는 의뢰를 받은 것이라 콘셉트 등을 고려하려다 보니 나도 모르게 힘이 들어갔다.

물론, 회사에서는 부담 갖지 말고 그동안 작업했던 느낌을 살려 자유롭게 그려 달라고 했지만 클라이언트인 광고 회사의 입맛에 맞는 것은 무엇일지 고민하다 보니 스트레스가 되었다. 상업적으로 이용할 그림은 아니라 했지만 시간이 흐를수록 무언가 잘못되었다는 생각이 들어 끙끙 앓다가 당시 알고 지내던 일러스트 작가 친구에게 전화를 걸었다.

친구는 격분하며 지금이라도 페이를 요구하라고 했다. 나는 일러스트레이터도 뭣도 아닌데 일을 준 것 자체를 고마워해야 하는 상황에서 그것도 열흘이나 지난 지금에 와서 돈 이야기를 꺼내는 것이 맞는지 머릿속이 복잡해졌다. 그러다 고심 끝에 그날 저녁, 대표님께 메시지를 보냈다. 대표님은 그 부분에 대해서 미처 생각지 못했다며 직원들과 다시 이야기해 보고 금액을 정해 알려 준다고 하셨다.

말 꺼내기를 잘했다고 생각했던 것도 잠시, 며칠 뒤 이번 프로젝트는 시간이 많이 경과해 진행하지 않기로 했다는 연락을 받았다. 요즘 같으면 미팅 단계에서 엎어지는 일이 꽤 있기 때문에 별로 속상하지 않았겠지만 첫 의뢰에서 좌절을 맛보니 씁쓸한 마음을 떨칠 수 없었다. 그러다 실망감은 이내 처음에 가졌던 물음표를 불러와 의문을 다시 상기시켰고 그 의문은 곧 분노로 바뀌었다. 나의 순수한 마음을 이용하여 창작물에 대한 대가도 치룰 생각 없이 쓰려 했다는 것이 괘씸하게 느껴졌다. 취미로 하든 직업으로 하든 노동에 대한 대가는 분야와 상관없이 지불되어야 한다는 아주 당연한 논리를 그때 깨달았다.

이후에도 계속 그림을 그리며 협업 제의가 종종 들어올 때마다 나는 작아졌다. 일이 어그러지는 게 두려워 낮은 가격에 타협하기도 했다. 물론, 금액과 상관없이 내가 하고 싶은 일이라면 적은 금액에도 흔쾌히 수락했지만 그렇지 않을 때도 있었다. 어느 정도 경력이 쌓이고 나서는 금액 때문에 일이 어그러지면 클라이언트 기준에서 내 그림에 대한 가치가 많이 낮아 그런 것은 아닐까 생각하며 스스로 자책하기도 했다. 그러면서 내가 정한 기준을 더욱더 낮추지 말아야겠다는 생각도 함께 굳어졌다. 처음부터 자존심을 부리라는 것은 아니지만 너무 저자세일 필요도 없다고 생각했다.

시간이 오래 흐른 뒤 우연히 페이스북에서 그 광고 회사 대표가 스크랩한 피드를 보았다. 젊은이들의 꿈을 이용하는 열정 페이 문화가 없어져야 한다는 기사였다. 대표님께 묻고 싶었다. '그때 저에게 요구했던 것이야말로 '열정페이' 아닙니까?'

프로의 세계

외주 작업을 할 때 가장 어려웠던 부분은 역시 작업료를 조율하는 부분이었다. 작업 요청 의뢰 메일을 보면 대부분이 금액에 대한 언급 자체가 없는데, 어느 정도의 견적인지 물어보는 경우는 간혹 있었지만 먼저 금액을 제시하는 경우는 극히 드물다.

처음으로 큰 프로젝트를 제안받았을 때가 떠오른다. 아주 조심스럽게 작업료에 대해 묻자 나에게 먼저 금액을 제시해 달라고 했다. 이런 적이 처음이었거니와 주변에 물어볼 사람도 없었기에 다시 한 번 어느 정도의 예산을 책정하고 있는지 물었으나 돌아오는 답변은 여전히 내가 원하는 금액을 말해 주면 고려해서 책정하겠다는 말뿐이었다. 우리는 마치 핑퐁 게임을 하듯 작업료에 대한 부분을 서로에게 떠넘겼다. 두 차례 정도 그렇게 메일을 주고받으니 왠지 내가 먼저 말하지 않으면 안 될 것 같은 분위기가 되었다. 결국, 금액을 정하는 데만 꼬박 이틀 정도가 걸린 것 같다.

'이런 프로젝트는 나에게도 처음이라 조금 적게 받아도 될 것 같지만, 꽤 큰 규모의 프로젝트이고 현재 그들의 상품 판매가는 이 정도, 매출은 대략 이 정도라고 하며 내 그림이 어떤 식으로 어디까지 사용될 것인지 범위를 생각했을 때 더 받아도 될 것 같지만 너무 큰 금액을 제안하면 안 한다고 할지도 모르니까'…… 그래서 결론은…… '얼마를 불러?'의 도돌이표가 반복되었다.

불편하지만 반드시 거쳐야 하는 금액 협상의 과정을 이후로도 몇 차례 거치면서 이제 나는 내가 받아야 하는 돈에 대해서는 주저하지 않고 이야기하게 되었다. 여전히 소심한 감이 있어 메일 전송 버튼을 누르기 전에 10초 정도 다시 고민해 보지만, 확실히 전보다는 뻔뻔해진 것 같다. 작업료에 대한 메일을 보냈는데 답장이 오지 않으면 그 프로젝트는 물 건너갔다 생각하고 미련을 버린다.

답장이 오면 보통 두 가지의 경우이다. 내가 제시한 금액으로 흔쾌히 진행을 하겠다는 답변이거나 우리 회사에 그 정도 예산은 없으니 더 낮은 금액으로 진행 가능한지 설득하는 답변이다.

보통 전자와 같이 쿨한 경우는 안타깝지만 별로 없다. 후자의 경우는 내가 정말로 해 보고 싶은 일이거나 낮춘 금액이 터무니없이 적지 않다면 승낙하지만 어느 쪽도 해당 사항이 없다면 단호히 잘라 거절한다.

그런 과정을 거쳐 성사된 외주 작업을 놓고 더 구체적인 이야기를 나누기 위해 처음 만나는 미팅에서도 나는 프로이다. 정확히는 프로페셔널한 척을 한다. 높은 직책의 의뢰인을 대면할 때도 기죽지 않는다. 내 앞에 앉아 있는 이 사람이 누군가에게는 상사이지만 나에게는 일을 주고 싶어 하는 클라이언트일 뿐이라고 생각하면 긴장을 덜 수 있다. 원하는 바를 정확하지만 예의 있게 말하고 상대의 말을 귀 기울여 듣는다. 프로젝트 관련 메일을 통해 미리 전달받은 사항들을 다시 한 번 읽어 보고 질문 목록을 생각해 메모장에 적어 놓는다. 이때, 상대가 할 수 있는 질문도 생각해 두면 미팅 시간을 더욱 효율적으로 쓸 수 있다. 처음에는 나도 이 모든 일들이 너무 어렵고 힘들었다. 여러 시행착오를 거쳐 벌써 4년 차 작가가 되었지만 직접 대면하여 단가를 논의해야 하는 경우나 터무니없는 조건을 두고 협상해야 할 때 등 어려운 점은 여전히 많다. 내 경력이 지금보다 몇 년 더 쌓이면 이것도 프로답게 할 수 있으려나.

2017년 어느 날의 음성 메모

- 내가 열이 받아서 돌아 버리는 지경까지 왔을 때 뭔가를 저질러 버릴 수도 있다는 게 걱정이라는 거야?

- 그게 나의 걱정 1번이고, 2번은 네가 너의 감정에 휘말려서 스트레스를 받는 게 싫은 거야. 나는 싸움이 생기면 피해 가자는 성격이고 네 성격은 싸움이 벌어질지언정 지적할 부분은 이야기하고 싶어 하는 성격이잖아. 네가 네 감정을 못 이기고 팡 터져서 상대방에게 받은 것의 두 배로 상처를 줘야 속이 후련해지는 사람이잖아.

- 나도 내가 감정적으로 확 타오르는 부분이 있다는 것은 인정하지만 결과적으로 내 감정을 상대방에게 있는 그대로 분출하지는 않았어. 물론, 그때는 부글부글하지만 그 자리에서 바로 회신을 하지 않고 어느 정도 시간을 갖고 나서 객관적으로 생각할 수 있는 사고가 생겼을 때 실행에 옮겨. 나도 이상한 사람을 대처하는 방법에 있어서는 예전보다 많이 유하게 변했다고 생각해. 그런데 너는 나를 못 믿잖아. 내가 클라이언트를 언짢게 하거나 함부로 말한 적은 없어. 가끔 단어 선택이 과격한 부분이 있으니까 그런 것은 너에게 확인받거나 하면서 나름대로 노력을 했다고 생각하고. 나도 나이 먹을 만큼 먹었으니까 너한테 이야기하지 않고 내가 해결할 수 있는 부분은 직접 해

결하려는 것인데. 그리고 감정적인 표현을 넣은 부분에 있어서는 모든 일을 겪은 것은 나니까, 내가 그렇게 할 수밖에 없었던 이유에 대해서 생각을 해 줬으면 좋겠는데 그런 부분이 아쉬워. '왜 민조는 감정 조절을 못할까'가 아니라 '민조가 많이 노력해 왔는데 이렇게밖에 할 수 없었던 이유가 있었겠지'라고 생각해 줄 수 있는 거잖아.

- 그럴 수도 있을 거라 생각하는데 그러지 않았으면 좋겠어. 그냥 피했으면 좋겠어. 그런 부분들이 있으면 그냥 넘어가 버리자 하고 넘겼으면 좋겠어.

- 근데 나도 노력을 한다니까.

- 나도 노력하는 거 알아.

- 뭘 아는데.

- 예전보다 그런 일이 확 줄어든 것은 맞아. 예전에는 내 마음이 조마조마하고 안절부절못했었던 일이 여러 번 있었어. 난 네가 좋아하는 일을 오랫동안 계속하기를 진심으로 바라는 사람이야. 그런데 이 세상에 미친놈들은 많아. 너 스스로 담대하고 단단한 신념이 있어서 어느 누가 건들더라도 무시해야지 하는 성격이 아니라 남들이 하는 이야기를 다 듣고, 귀 얇고, 신경을 잘 쓰는 성격이기 때문에 하는 말이야. 꼬투리를 잡힐 수 있는 여지를 전혀 만들지 않고 일을 했으면 좋겠다는 생각이야. 왜냐하면 너는 깨지기 쉬운 사람이거든. 어떤 미친놈으로부터 강력한 펀치가 와 버리면 네가 어느 순간 깨져 버릴까 봐 걱정이 되는 거야. 그러니까 내가 오버하는 것도 그런 일말의 여지에 대해 원천 봉쇄를 해 버리고 싶은 거야. 네가 어떤 사건에 예

기치 않게 휘말렸을 때 그냥 넘겨 버릴 수 있는 단단함이 있어야 어떤 큰일이 생기더라도 안 깨지고 넘어갈 수 있지 않을까?

그리고 내가 더 걱정하는 이유는 네가 평범한 그림을 그리는 게 아니라 사람들에게 쉽게 이슈가 될 수도 있고, 입에 오르락내리락하기 쉬운 그림을 그리는 사람이잖아. 그러면 분명 외부로부터 공격이 있을 수 있다는 이야기이지. 그런 상황이 오는 게 나는 너무 두려워. 어떤 사람이 끈질기게 너를 몰아붙이고 물고 늘어지면 한순간에 네가 무너져 버릴 텐데. 지금 내가 너한테 잔소리를 하는 것은 내가 옳아서도 아니고 가르치려는 것도 아니야. 혹시라도 훗날 그런 일이 벌어지기 전에 네가 무덤덤하게 넘길 수 있는 자세가 되었으면 좋겠어서 자꾸 잔소리를 하는 거야. 깔끔하고 둥근 언어로 지적할 수 있는 능력 말이야.

- 나도 너의 걱정을 이해해. 하지만 네 기준에서의 둥글다와 나의 기준은 달라. 그리고 난 네모난 사람인데 왜 자꾸 둥글게 하라고 하느냐고. 난 그동안의 수련을 통해서 마름모가 됐어.

-그럼 널 대하는 사람이 모난 사람이면 넌 좋겠어?

-나도 모난 사람은 싫지만 그런 사람도 있다는 것은 인정해. 그리고 나는 네가 생각하는 것보다 다른 사람들의 시선을 중요하게 생각하고 어떻게 보여야 하는지 누구보다 신경 쓰며 착한 사람으로 보이고 싶은 사람이야. 하지만 누군가와 일을 함에 있어서 상대방의 잘못된 부분을 지적하는 것은 필요한 부분이라고 생각하고, 잘하고 있다고 생각해. 그러니까 이 부분에 있어서 걱정은 좀 넣어 두고 나에게 좀 맡겨 줘.

어떤 김민조

'나는 생각이 깊은 사람이고 때로는 우울한 사람'이라는 것을 어필하고 싶어서 일기장이 아닌 많은 사람이 보는 미니홈피 다이어리에 글을 썼던 때로부터 10년이 흘렀다. 그때 썼던 글들이 궁금하여 가끔 들여다보면 웃기기도 하고 부끄럽기도 하지만, 나이가 들었음에도 여전히 달라지지 않은 부분, 내가 이랬나 하고 놀랄 정도로 바뀐 부분을 찾다 보면 미친 듯이 흔들리고 불안했던 그때의 내 모습마저 사랑스럽게 느껴진다.

32살 요즘의 나는 어떤 마음이냐 하면 결론부터 말해 별로 심각하고 싶지 않다. 그냥 그날의 기분에 따라 영화를 보고 핸드폰으로 웃긴 영상을 보며 키득거리고 그 즈음의 이슈들에 대해 이야기하는 보통 날들이 좋다.

공감을 불러일으키기 위해 나라는 사람을 그럴듯하게 포장하고 싶지도 않고 노력을 기울여서 '어떤 성격의 사람'처럼 꾸며 내고 싶지도 않다. 있어 보이고 싶어서 단어 하나하나를 신중하게 고르는 것도 구차해 보인다. 이제 내 주변에 남은 사람들은 나에 대해 꽤나 깊이 아는 사람들이기에 그럴 필요가 없지만, 나에 대한 판단을 그냥 타인에게 맡기고 싶다.

누군가에게 나는 그냥 저질 그림을 그리는 욕망 아줌마일 수도 있고, 사이다 같은 사람일 수도 있고, 관종일 수도 있고, 피곤한 여자일 수도 아니면 당당하고 멋진 사람일 수도 있다. 지하철에서 누군가에게 밀침을 당해 짜증내는 모습을 봤다면 나를 두고 신경질적인 사람이라 생각할 것이고, 폐지를 주우시는 할머니의 리어카가 횡단보도에서 균형을 잃고 쓰러진 것을 발견하고 뒤에서 도와주는 모습을 봤다면 참 바른 청년이라 생각할 것이다. 어디에서 어떻게 만나 어떤 인상을 주느냐에 따라 그 사람의 이미지가 달라지는 것처럼 결국 나는 타인이 결정하는 것이기에 나에 대한 좋지 않은 편견이 있다고 해서 내가 그들을 설득할 필요는 없다.

예전에는 쿨하고 솔직한 김민조이고 싶었지만, 지금은 '어떤' 김민조여도 상관없다. 판단은 상대방의 몫이니.

이제 나는 어떤 김민조여도 괜찮다.

자격지심

새엄마와 아빠는 나를 필요 이상으로 엄하게 키웠다. 남들과 조금 다른 환경이다 보니 내가 삐뚤어질까 봐 그랬는지 아니면 그냥 내가 싫어서 그랬는지 모르겠지만 어쨌든 평범한 가정의 훈육 방법은 아니었던 것 같다.

내가 왼손잡이인 것에 대해서도, 그림을 그리는 것에 대해서도 못마땅해하셨다. 어느 날은 공부를 게을리한다는 이유로 몇 년 동안 내가 그린 그림과 만화들이 담긴 10권도 넘는 그림 연습장을 가져오게 한 뒤 전부 내 손으로 찢으라고 한 적도 있었다. 부모님의 눈에는 내 실력이 그림으로 성공하기에는 터무니없다고 치부해 버릴 수도 있었겠지만, 당시 나에게는 너무도 소중한 꿈이었기에 숨 쉬기 힘들 정도로 아팠다. 나에 대한 자신감 부족은 아마 그때부터였던 것 같다.

그림을 그리지 못하게 했다고 성적이 더 좋아지지도 않았다. 애를 낳으면 거저로 주어지는 부모의 타이틀로 위압적인 분위기를 조성하여 자식의 꿈을 짓밟은 것 그 이상, 그 이하도 아니었다. 그날 이후에도 나는 몰래몰래 왼손을 계속 썼고 교과서건 공책이건 닥치는 대로 그림을 그렸다. 재미있게도 나의 이복동생은 현재 미국에서 미술 대학에 다니고 있는데 항상 나에게서 많은 영향을 받았다고 이야기한다.

그림으로 돈을 벌게 된 지금에 와서도 그때 가졌던 자격지심은 사라지지 않았다. 가끔은 친구들에게 '사람들이 내 그림을 왜 좋아하는지 모르겠다'라고 이야기하거나 그림 실력과 무관하게 지금 우리 사회가 성性에 대한 인식이 바뀌고 있는 과도기라 '운 좋게 얻어 걸린 것은 아닐까'하고 속으로 생각할 때도 있다. 그렇게 못난 생각을 하다 보면 스스로가 너무 못나 보여 고개를 세차게 흔들며 '아니야, 내 그림은 존나 짱이야!'라고 마음을 고쳐먹는다.

다른 일을 하다가 일러스트레이터가 된 사람이 나 하나만 있는 것도 아닐 텐데, 내가 지금 이 일을 좋아하다 못해 집착하며 지금의 나를 두고 너무 행복하다고 느끼는 것은 내가 너무 간절했기 때문일까? 이렇게 쓰고 보니 난 정말 결핍 덩어리인 것 같다.

살기 위해 먹는다

항상 집에서 혼자 일하는 것이 일상인 나에게 고역이 있다면 바로 먹는 것이다.

때가 되면 배가 고파 오지만 무언가를 차리고 치우는 일이 너무 귀찮다. 어떤 음식이 미친 듯이 먹고 싶어 배달을 시키려 해도 기본 1만 2천 원 이상으로 시켜야 하는 탓에 늘상 괜한 욕심을 부려 메뉴를 두 개씩 시키게 되는데, 간절했던 마음은 막상 음식을 세 숟갈 정도 뜨고 나면 후회로 바뀐다. 몇 입 먹지 않았는데도 금방 배가 차고 거기서 몇 숟갈 더 먹으면 어느 새 위가 가득 차서 기분 나쁜 느낌이 들고, 결국 남은 음식은 냉동실에 처박힌다. 혼자 먹을 때는 늘 그렇다. 오늘도 역시 때가 되었는지 배가 고프다. 그럼 또 어플을 키고 기웃기웃. 악순환이다.

오늘도, 나는 살기 위해 먹는다.

집중력

어제는 모처럼 여유가 있어서 그동안 머릿속에 그려 왔던 장면들을 종이에 옮겼다. 그저께 웹툰 마지막 원고를 보냈기에 생긴 잠깐의 여유였다. 10시쯤 그림에 색을 칠하기 시작해 중간중간 시계를 봤는데 12시, 1시, 2시가 다 되어서야 작업이 끝났다. 작업 중에 흘러나오는 검정치마 노래*를 따라 불렀다.

"난 배고프고 절박한 그런 예술가 아니에요.

내 시대는 아직 나를 위한 준비조차 안 된 걸요.

……마마 저들은 나에게 어서 뛰래요."

가사가 귀에 꽂혔다. '맞아. 내 시대는 아직 나를 위한 준비가 안 됐어'라고 속으로 외치면서.

몇 시간이 걸리건 그날 시작한 그림은 되도록이면 그날 끝내려 노력하는데, 오랜만에 그리고 싶었던 장면을 종이에 옮기고 넣고 싶은 색을 마음대로 때려 넣으니 집중이 잘 되었다.

나는 내가 좋아하지 않는 것을 할 때는 세상에서 제일 산만하지만 반대로 좋아하는 것을 할 때는 세상에서 가장 집중력이 뛰어난 사람이 된다.

◇◇◇◇◇

* 〈난 아니에요〉

악플을 읽다가

나는 사람들의 응원과 관심을 먹고 사는 직업을 가진 사람이지만, 가끔씩 들리는 안 좋은 이야기나 악플에 아무리 의연한 척하려 해도 따끔따끔한 기분이 드는 것은 어쩔 수가 없다.

나의 SNS나 관련 기사에 달리는 악플의 종류는 여러 가지이다. 내가 여자라서 득을 본다는 말은 어느 정도 인정할 수 있고, 이런 그림을 그리면서 매스컴에 얼굴을 노출했으니 길 가다가 성폭행을 당해도 할 말이 없다는 등의 말들은 개소리로 넘겨버린다. 하지만 내 그림이 엉터리라는 이야기를 들었을 때는 정말 마음이 아팠다.

누군가에게는 내 그림이 그저 대충 그린 정사 장면일 뿐일 수도 있을 것이다. 그렇다고 그 사람이 틀렸다거나 비난할 이유는 없다. 그림에 대한 해석은 보는 사람의 몫이기 때문이다. 그림에 대한 나의 태도가 얼마만큼 진지한지 그 사람은 관심이 없다. 그 사람 눈에는 내 그림이 그냥 별로인 것이다.

'모두를 만족시킬 수는 없다.'

나는 이것을 인정하는 데 의외로 오래 걸렸다.

'내 작품에 자부심을 갖자. 나는 누가 뭐래도 최고야'라고 생각하니 요즘은 한결 마음이 편해졌다.

어떤 날은 익명 게시판에 나에 대한 안 좋은 댓글이 올라

왔다. 좋은 마음으로 내 책과 협업 제품을 무료 나눔 했는데 그에 대한 후기 글과 여러 댓글이 올라온 것이다. 까인 이유는 '민조킹이 무슨 아티스트냐', '예전에 서로 팔로우했는데 어느 날 갑자기 나를 언팔로우했다. 그런 식으로 팔로우를 늘리려는 심보다', '관종이다' 등등이었다. 전에도 비슷한 일이 있었는데 그때는 발끈해서 해명 댓글을 달았지만 이번에는 굳이 그러지 않았다. 나는 그저 상대방의 피드에 더는 흥미가 없어서 팔로우를 끊은 것뿐인데 '한 번 팔로우는 영원한 팔로우'도 아니고 그것을 마음에 담아 두고 있었다는 것이 도리어 귀엽게 느껴지기까지 했다. 또한 그들 말대로 팔로워 숫자를 늘리기 위한 수작이었다고 하기에 내 팔로워 숫자는 이미 너무 많았다.

확실히 전보다는 악플에 신경을 덜 쓰게 되었지만 그래도 사람인지라 안 좋은 말들이 계속 맴돌기는 했다. '어쩌다 이렇게 미움을 사게 되었을까. 나는 그런 사람이 아닌데. 그 부분은 오해인데. 내가 이렇게 생각한다 한들 어쩔 수 있는 것은 아니니까' 이런 생각들이 머릿속을 떠나지 않았다. 머릿속이 복잡한 만큼 손도 분주하게 움직였다. 그러다 보니 그림이 완성되었고 자타공인 관종답게 내가 생각했던 말들과 함께 SNS에 업로드했다.

먼저 《쉘 위 카마수트라》 1권의 2쇄 소식을 전하며 구매해 준 독자들에게 감사의 말을 전했다. 그리고 이날은 특별히 스스로에 대한 격려의 말을 덧붙이고 혼자 생각했다.

'나 올 한해 너무 잘했어. 하는 동안 힘들어서 시발 시발 욕도 많이 했지만 성실하게 살았어. 좋은 성과가 나온 것은 내 덕

분이기도 해. 오늘만큼은 마음껏 나를 칭찬해 주고 싶어.'

세상 밖의 사람들이 나를 손가락질한다 해도 그럴수록 나를 믿고 사랑해 주면 어떠한 풍파가 닥쳐도 끄떡없이 버텨 낼 수 있음을 악플을 통해 배웠다.

그날 이후, 내 마음은 조금 더 단단해졌다.

난 나야

마스다 미리의 작가 생활에 대한 책을 읽었는데 3년 차 작가인 내가 공감할 수 있는 이야기들이 많았다. 그녀의 만화 대부분이 그렇듯 뭔가 거창한 주제보다는 편집자의 유형이라든지, 작가가 된 계기라든지 하는 심심한 이야기들이었는데 이상하게 꽂히는 부분이 꽤 있었다. 처음에는 밍밍한데 마지막 몇 모금의 진한 국물과 쌀알을 함께 씹을 때 깊은 풍미가 느껴지는 식혜 같달까?

최근 들어 세미나라든지 토크 콘서트 등 강연 제안이 자주 들어온다. 하지만 무턱대고 세미나를 한 번 해 본 뒤로 다시는 사람들 앞에 서서 말하지 않기로 결심했다. 세미나 이후 스피치 학원에 다녀 볼까 심각하게 고민하기도 했었다. 친구들 앞에서 나는 꽤나 재미난 입담을 자랑하지만 모르는 사람이 10명 이상만 되어도 갈 곳 잃은 눈동자가 춤을 추기 시작한다.

최근에도 제안을 받고 고민하던 차에 마침 마스다 미리가 해답을 주었다. 그녀 역시 자신의 생각을 말로 잘 옮기지 못해 스피치 학원을 다녔으나 말을 못하는 나도 나, 잘하려고 노력했다가 실패한 나도 나이기에 애써 바꾸지 않겠다고 했다.

나 역시 잘하는 나가 나의 전부가 아님을 깨닫고 스피치는 과감하게 포기하기로 했다.

바라는 것이 있다면

사람들은 내가 그림을 엄청 쉽게 그리고 빨리 그린다고 생각하는 것 같다.

사실, 그림이 취미일 때는 그림 그리는 행위 자체를 즐겼고 어떤 작화 하나가 빠르게 완성되는 것이 좋아서 엽서 사이즈의 크로키 하나를 그리는 데 1분에서 3분 정도가 채 걸리지 않았다.

하지만 작가가 되고 나니 예전과는 마음가짐이 달라졌다. 좋은 그림을 그리기 위해 내가 표현해 내고자 하는 피사체의 가장 아름다운 선을 찾을 때까지 나무한테 미안할 정도로 이면지를 만들어 내며 같은 장면을 그리고 또 그린다. 어떨 때는 그려 보고 싶은 장면을 머릿속으로 수십 , 수백 번 지우고 쓰느라 잠을 설치다가 선잠에 드는데 그러다 꿈속에서 내가 그리려던 장면 속을 뛰어다니기도 한다. 그림에 들어가는 시간이 전부는 아니지만 선 위주의 그림이라고 해서 빼곡한 색감의 그림에 비해 노력과 고민이 덜 들어간 것은 아니다.

이번 개인전을 준비하면서도 내 작품들이 팔릴 거라는 기대감은 제로였다. 이전에도 SNS를 통해 그림 구매 문의를 한 사람들이 있었지만, 대게는 프린트된 포스터로 구매하기를 원했다. 오리지널 작품의 금액을 물어보는 사람도 있었지만 막상 구매로 이어지지는 않았다.

전에 단골 카페 주인 언니와 이에 대해서 이야기한 적이 있었다. 그곳은 정기적으로 여러 작가들의 그림을 전시하는 작은 카페였는데, 작업하기 좋아 종종 가고는 했다. 주인 언니 말이 사람들은 좋아하는 작가의 아름다운 그림을 갖고 싶어 하지만, 오리지널 원화는 비싸기 때문에 대부분 프린트를 원한다고 했다. 나조차도 지금보다 10년 정도 어리다는 가정하에 누가 50만 원을 주고, '옷을 살래', '그림을 살래'라고 물어본다면 주저 없이 옷을 택했을 것이다.

그런데 이번 전시에서는 어쩌자고 그림 30점 정도를 팔았다. 크기는 다양했지만 딱 한 점 씩밖에 없는 그림이라 조심스레 20-100만 원 정도로 가격을 책정해 놓았었다.

나는 적지 않은 금액임에도 불구하고 망설임 없이 그림을 산다는 것과 그 대상이 내 그림이라는 사실이 놀랍고 신기했다. 내 그림이 걸린 응접실이나 침실의 풍경을 상상하는 것은 퍽이나 기분 좋은 일이었다.

판매된 그림들을 SNS에 올리니 구매를 문의하는 메시지들이 연이어 날아왔다. 어떤 이들은 금액을 듣고 대꾸도 없이 대화를 끝내기도 했고, 예의 있는 사람들은 죄송하지만 너무 비싸서 구매는 어려울 것 같다고 답변을 보내기도 했다. 비싸다고 생각하는 마음이 이해되면서도 한편으로는 그 사람들이 적당하다고 생각한 금액은 얼마였을지 궁금했다.

전시 때 걸었던 신작 중 A1사이즈의 그림 〈in the bedroom〉 시리즈 중 한 작품을 사진으로 본 분에게서 연락이 와 금액과 구매 방법을 안내하자 자신이 생각했던 예산을 이야기했다. 그녀의 예산이 터무니없이 낮은 금액이 아니었기에 나는 쿨하게 그 금액으로 할인해 주겠다고 대답했다. 성질이 급하다던* 그분은 오늘 당장 그림을 보러 가도 되겠느냐고 물었고 퇴근 시간 즈음에 작업실에 방문하기로 했다. 나는 약속 시간에 맞춰 도착한 그녀에게 박스 안에 고이 잠들어 있던 작품 액자를 보여 주었고 마침 전시에 걸지 않은 그림을 클리어파일에 정리해 놓은 것이 있어서 함께 구경시켜드렸다. 그녀는 '이 그림 보고 온 거니까 제가 이 그림 살게요'라며 〈in the bed room〉 시리즈의 그림 한 점과 함께 B5사이즈의 그림 하나까지 해서 총 두 작품을 구매하기로 했다. 그녀는 사람들이 사진 속 그림에 대해서 댓글로 구매 문의를 많이 하는 것 같아 다른 사람이 채 가기 전에 냉큼 왔다고 말했다. 마카 하나로 심플하게 그렸지만 고민의 시간이 녹아 있는 그림이었는데 그것을 알아봐 주는 것 같아 고마웠다†.

그렇다고 내가 그림을 산 사람만 좋아하고 그들에게만 친절한 것은 절대 아니다. 물론, 전에 내 전시를 다녀간 사람들의 후기를 보던 중 작품의 가격이 너무 비싸서 남자 친구가 똑같이 따라 그려 줬다는 리뷰를 보고 뜨악했던 적이 있지만 어쩌겠나. 그림을 구매하는 사람도, 구매하지 않는 사람도, 굿즈를 사는

◇◇◇◇◇

* 문의자 본인 피셜

† 내 그림을 사 주었는데 그럼 고맙지. 예쁘지.

사람도, 사지 않는 사람도, 예쁜 댓글을 달아 주는 사람도, 개인적으로 메시지를 보내 훈수를 두는 사람도 모두 나에게 관심을 가져 주는 고마운 사람들인 것을.

그저 내가 바라는 것은 단 하나, 쉽게 그린 그림이라고 단정 지으면서 나의 열정과 시간들까지 부정하고 폄하하지 말아 주기를 간곡히 부탁드린다.

슬픈 예감 1

어느 날의 일이다. 홍대입구역 근처 롭스에서 물건들을 폭풍처럼 쓸어 담아 계산대로 갔는데, 계산을 끝낸 점원이 카드를 건네주며 '혹시 그림 그리지 않으세요?'라고 물었다. 순간 멍해지면서 '이분이 그걸 어떻게 알고 있지?' 1초 정도 생각한 뒤 '앗, 네'라고 대답했더니 팬이라면서 인스타그램도 팔로우하고 있으며 책도 샀다고 하셨다. 나는 너무 반갑고 감사해서 활짝 웃으며 '감사합니다!'라고 외친 뒤 가게를 나오자마자 '아까 뭐 잘못 행동한 것 없나?'하고 빠르게 이전 상황을 되감기한 뒤 처음부터 천천히 상황을 짚어 내려갔다.

그분은 나에게 '봉투 필요하세요?'라고 물었고 나는 '네' 하고 대답.

'비닐은 50원, 종이는 100원'이라고 해서 비닐을 골랐고.

'사은품 뭐 필요하신 거 있으세요?'라기에 '화장솜…… 있나요?'라고 되물었고 그분이 화장솜을 찾으시며 난감해하시기에 사은품이 뭐가 있는지 몰라서 그런 것이니 아무거나 달라고 했는데, 그때 내가 죄송하다는 말을 붙였던가……?

이 모든 대화가 이루어진 뒤 그녀가 나의 팬임을 밝혔는데 다행히 언행에 실수는 없었던 것 같아 가슴을 쓸어내리던 찰나, 뜻밖의 결정적인 실수를 발견하고야 말았다.

혹시나 하고 에스컬레이터 벽면 거울을 통해 입안을 확인했는데…… 점심에 먹은 샌드위치 속 풀떼기가 이에 껴 있었다. 너무 과하게 활짝 웃었나 싶어 아차 했는데, 슬픈 예감은 역시 틀리지 않았다.

슬픈 예감 2

어떤 사람으로부터 메일이 한 통 왔다. 자신은 현재 작곡과에 재학 중인 학생으로 이번에 자신의 곡으로 첫 음원을 내려 하는데 거기에 들어갈 커버 일러스트를 의뢰하고 싶다고 했다. 메일 속에서 느껴지는 굉장히 깍듯한 태도가 좋았고, 무엇보다 그녀가 만든 곡(특히 가사가 없는 피아노 연주곡)이 좋아서 일을 하기로 했다.

작업해서 보내 준 세 개의 시안 중 첫 번째 것이 가장 마음에 든다고 하여 그 그림을 요청에 맞게 수정해 갔다. 사실, 그녀가 요청한 사항들은 내가 일러스트 작업을 할 때 잘 사용하지 않는 효과였고 그런 요소들이 많이 들어가면 그림이 다소 유치해지거나 작업의 방향성을 잃게 될 수도 있어 고민이 되었다. 하지만 일단은 요청대로 수정하여 작업들을 보냈고 끝에 나의 주관적인 의견을 힘찬 어조로 피력했다.

'이런 식으로 남자 목이 좀 더 드러나게 그렸습니다. 그림 속 남자의 신체 구조상 목을 표현하게 되면 조금 어색한 느낌이 있고 제 그림의 특징이 없어지는 것 같다는 의견도 함께드립니다. 아울러 작곡가님이 판단하실 부분이지만 음원 사이트에 이 커버를 올려 작은 썸네일로 보았을 때 눈에 띄는 컬러감에 대해서도 생각해 보셔야 할 것 같습니다. 전체 배경을 보라색으로 넣으면 눈에 띄지 않아서 개인적으로는 흰색 배경에 검정색 혹은 눈에 띄는 컬러의 라인으로만 들어가는 것이 더 예쁠 것 같습니다. 하지만 이것은 제 개인적인 의견이니 한번 생각해 보시고 연락 주세요.'

이렇듯 내가 일관적으로 사무적인 태도를 보였음에도 그녀는 내가 그렇게 군 것이 도리어 미안해질 정도로 매번 나에게 고맙고, 감사하다고 외쳤다. 끝으로 최종 파일을 보내면서 '잔금 입금은 7일 이내로 해 주시면 감사하겠습니다. 앨범 나오면 연락 주세요!'라고 마무리를 하려는데 뜻밖의 답신이 왔고, 나는 머리를 한 대 맞은 듯 멍해졌다.

'앨범 작업이 처음이라 이래저래 서툴던 저였는데 작가님께서 많이 배려해 주신 덕분에 잘 마무리 지을 수 있었습니다! 제가 정말 좋아하는 작가님의 그림을 첫 앨범 자켓으로 할 수 있어서 정말 영광이었습니다!

…… 그리고 혹시 기억하실지 모르겠지만, 몇 년 전에 롭스 홍대입구역점에서 작가님을 뵙고 샘플을 막 챙겨드렸던 알바가 저입니다.(^_^) 저는 성공한 덕후예요!!! 앨범 나오면 꼭 연락드리겠습니다!! 정말 감사합니다!'

아, 나의 의뢰인은 내가 풀떼기가 이빨에 낀 줄도 모르고 활짝 웃어 보였던 그 아르바이트 학생이었던 것이다. 황급히 기억을 더듬어 그때의 얼굴을 떠올려 보니 카톡 프로필 속의 그녀가 맞았다. 나는 또 그날*의 데자뷰처럼 그녀와 작업하면서 나눴던 대화를 돌이켜 보지 않을 수 없었다. 괜히 제 발이 저렸던 나는 일이다 보니 다소 딱딱하게 군 것 같은데 혹시나 상처받았으면 미안하다고 말했다. 하지만 그녀는 그저 영광이었다며 나에게 메일을 보내 피드백을 받는 과정 하나하나 다 너무 좋은 기억이었다고 말해 주었다.

그 말을 들으니 왠지 더 미안해졌고 조금 더 다정하게 대해 줄 걸 하는 후회가 밀려왔다.

역시나 그때의 그날처럼 슬픈 예감은 또 틀리지 않았다.

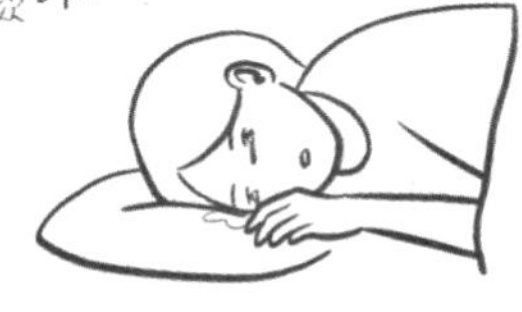

◇◇◇◇◇

* 95-96페이지 참조

그냥 그땐 그랬다고

대학 생활 내내 몸담았던 학회에서 연말에 대학술제가 있었는데 그때의 뒤풀이에서였다. B 오빠가 후배 J에게 대기업 S그룹의 합격 소식을 듣더니 축하한다며 건배 제의를 했다. 나도 작은 특허 사무소에 취업을 했을 때였는데…… 'J보다 선배인 나의 취업 소식은 개무시하는 건가? 지금 이거 개무시 맞지?' 그런 생각이 들자 기분이 퍽 안 좋았다.

애초에 대기업에 취직하고 싶은 마음도 없었다, 고 말은 하지만 대기업에서도 나를 원하지 않았다는 것이 더 정확할 것이다. 맞다. 알량한 자존심이었다. 정말 가고 싶던 기업 몇 군데에 원서를 내고 인적성도 봤지만 면접까지 간 곳은 없었다. 내세울 것이라고는 오픽 성적, 학점은 평균 이하, 토익은 고만고만. 하지만 대학 생활에 대한 후회는 전혀 없었다. 회사야 맞춰서 가면 그만이니까.

내가 회사를 고를 때 가장 중요하게 생각한 것은 첫째 위치였다. 집에서 무조건 가까운 곳이어야 했다. 그래서 지난 5년간 다녔던 특허 사무소에 출근한 지 한 달쯤 됐을 때 연봉이 더 높은 대형 특허 사무소에서 면접을 보러 오라는 연락이 왔지만 가지 않은 것도 집에서 멀기 때문이었다.

나는 항상 내가 가능하다고 생각하는 범위 내에서 최선

을 다했고 작은 특허 사무소에 합격한 것이 부끄럽지 않았는데 B 오빠의 그런 대우에 왠지 모를 모멸감을 느꼈다.

한참이나 소심하게 그 상처를 담아 두었던 나는 시간이 지난 어느 날 술자리에서 만난 오빠에게 그때 사실 속상했노라고 이야기했는데, 오빠는 전혀 몰랐다며 사과했고 그날의 일은 술자리에 스쳐 지나가는 안줏거리 정도로 끝났다.

그리고 후배 J는 1년 만에 다니던 대기업을 그만두었다.

싫어하다

나는 옛날부터 싫은 게 너무 많은 사람이었다. 스무 살 때는 싫어하는 사람이 내 눈에 거슬리는 행동을 하면 기어이 그것을 지적해야 직성이 풀렸는데, 그때의 나를 누군가는 파이터라고 불렀다. '너는 왜 자꾸 술을 빼?'라던가 '우리가 너에게 보인 성의만큼 너도 뭔가를 좀 보여 봐' 뭐 이런 식의 지적을 서슴없이 내뱉었다. 요즘 말로 사이다 발언을 한 것인데 나는 그런 폭주 기관차 같은 성격이 나의 매력이라 생각했다. 그도 그럴 것이 그때 당시 나는 인기가 있는 학생*이었다. 본인 입으로 이런 말을 하는 것이 민망하지 않느냐고 하겠지만 사실이고, 어차피 확인할 길도 없다.

하지만 아이러니하게 내가 하고 싶은 대로 하면서도 나를 싫어하는 사람이 한 명도 없기를 바라며 애를 쓰기도 했다. 참 이기적인 생각이었다. 대학교 때 친구 예슬이는 내게 '하고 싶은 말을 다 하고 사는데도 주변 사람들이 너를 좋아하는 게 신기하다'고 했지만 제멋대로에다가 주변이 불편해지는 것과 상관없이 느끼는 감정을 있는 그대로 드러내는 나를 싫어하는 사람도

◇◇◇◇◇

* 연애 상대로 말고 인간으로서의 인기를 말한다.

엄청나게 많았을 것이다. 당시 나는 누군가를 엄청 싫어하면서도 누가 나를 싫어하는 것은 견디지 못하는 그런 사람이었다.

애초에 나와 결이 다른 사람은 그냥 멀리하면 그만이었다. 대학생 때까지는 그것이 가능했다. 몸에 착 달라붙어 똥배와 배꼽의 파임까지 적나라하게 드러나는 원피스를 입고 강의실 맨 앞자리에 앉아 교수님께 콧소리로 아양을 떠는 언니나 학생회 간부랍시고 이 학과의 주인인양 행세하며 갑질하는 동기들은 그냥 멀리서 지켜보고 욕할 뿐 상종하지 않았다. 지금 생각해보면 그런 타인의 행동들이 잘못된 것이 아니라 나와 삶의 방식이 다른 것뿐이었는데 그때는 그것이 왜 그렇게 눈엣가시였고 견디기 힘들었는지 모르겠다.

10년이 지난 지금의 나는 그때보다 싫은 것이 더 많아졌다. 손님한테 함부로 하는 점원도 싫고, 땀 한 방울 흘리지 않고 가슴을 잔뜩 들이민 채 운동하는 사진을 SNS에 올리는 여자도 싫고, 이해 관계로 사람을 사귀는 게 눈에 뻔히 보이는 사람도 싫고, 허세 부리는 사람도 싫고, KTX 안에서 시끄럽게 떠드는 어린애들을 제지하지 않는 부모도 싫고, 내리지 않았는데 밀치고 들어오는 할머니도 싫고, 내가 내 몸 지키지 않으면 아무도 지켜 주지 않는 현실, 남녀가 편 가르기 하며 싸우는 혐오 가득한 이 사회도 싫다.

하지만 '싫은 것'이 많아진 만큼 '관용의 마음'도 커졌으니 성숙해졌다고 해야 할까. 날 서고 날카롭던 돌멩이는 10여 년 사이에 세월의 풍파로 인해 어떤 모양으로 다듬어진 것 같다. 내가 좋아하는 사람과만 놀고 싫은 사람은 피하면 그만이던 대학 생활과 달리 직장에서 만난 사람은 싫어도 피할 수 없고 심지어 월요일부터 금요일까지 꼬박 9시간 동안 봐야 했다. 물론, 직장에 다닐 때도 종종 기지를 발휘하여 싫은 상사에게 웃으면서 정곡을 찌르는 한마디를 던지기도 했지만. 대학보다 더 좁은 사회인 회사 안에서 또라이 질량 보존의 법칙이라는 말이 무색할 정도로 정말 다양한 인간 군상을 체험했던 것 같다.

지금은 마음의 여유가 생긴 것인지 기력이 쇠약해져서 귀찮아진 것인지 그도 아니면 내가 살고 싶은 대로 살고 있어서인지 모르겠지만, 어쨌든 나는 확실히 유해졌고 이는 주변 사람들도 인정하는 부분이다.

반대로 그림을 그리고 나서는 나를 싫어하는 사람이 많아졌다. 나와 전혀 상관없는 글이었는데 뜬금없이 '다 벗어 재낀 남녀가 성행위 하는 그림을 그려서 엽서나 책으로 파는 게 예술이냐 낙서지'라고 욕을 하기에 어리둥절하기도 했다. 그때는 나를 작가라 생각해 본 적도 없었고 내가 하는 것이 예술이라고 말한 적도 없었는데 가만히 있다가 봉변을 당해 크게 상처를 받았다.

그런 일들은 나를 아는 사람이 많아질수록 더 늘어났고 인터뷰 글에도 심심치 않게 악플이 달렸다. 처음에는 기분이 나빴으나 나를 싫어하는 이유들이 신박해서 나름 재미있기도 했다. 한 번도 본 적 없는 사람을 이렇게까지 무작정 깔 수 있구나 싶었다. 적어도 나는 웹상에서 악플을 달아 본 적이 없고 내 주변에도 물어보면 악플을 다는 사람이 없다는데 수많은 악플러들은 대체 어디에 있는 것인지, 어떤 얼굴을 하고 어떤 마음을 먹고 그러는 것인지 궁금했다. 그리고 그 사람들에게 괜히 말하고 싶었다. '저기요. 저도 댁만큼 싫은 것 많거든요?'

나름의 싫은 이유가 있겠지만 왜 그렇게 날이 섰을까, 내가 그 사람에게 무엇을 잘못했기에 그러나 하는 생각이 들면서 스무 살 무렵 아무 이유 없이 나에게 욕을 먹었던 선배, 동기, 후배들에게 미안한 마음이 들었다.

거듭 강조하건데 나는 아직도 싫은 것이 많은 사람이다. 아마 앞으로는 더, 더 많아질 것 같다. 하지만 이유 없이 생면부지의 남에게 미움을 받아 본 사람으로서, 나를 좋아하지 않는 사람의 비뚤어진 관심이 당사자에게는 얼마나 쓰라린 일인지를 몸소 겪어 본 사람으로서, 싫은 점이 있더라도 너무 티 내지 않고 틀린 것이 아니라 그저 다를 뿐이라 생각하면서 이해하려 노력할 것이다. 그래도 도저히 안 되겠으면 욕을 안 하고 살 수는 없으니 내 주변 사람들과만 욕을 할 것이다.

현명한 수면가

자꾸 새벽 늦게까지 잠에 들지 못하고 말똥말똥한 이유가 낮잠을 자서라고 생각해 어느 날은 낮잠을 참고 밤에 잠을 청했는데, 그날도 새벽 늦게까지 잠이 안 왔다. 그래서 다음부터는 그냥 낮잠을 자기로 했다.

새벽 일기

결국, 새벽에 자다 말고 작업실 컴퓨터 앞에 앉았다.

자려고 누웠더니 머릿속에 문장들이 둥둥 떠다녀 잠이 오지 않았다.

핸드폰 메모장에 떠다니는 말들을 썼다가 자려고 누웠다가를 반복할 바에야 그냥 앉아서 생각나는 대로 주구장창 써 재껴 보자는 마음으로 일단 앉기는 앉았는데, 앉고 보니 그 많던 단어들은 어디론가 다 숨어 버렸다.

아마 머릿속으로 하는 말들을 그대로 입 밖에 내거나 종이 위에 옮겼다면 나는 엄청난 달변가 혹은 위대한 극작가가 되었을 것이다.

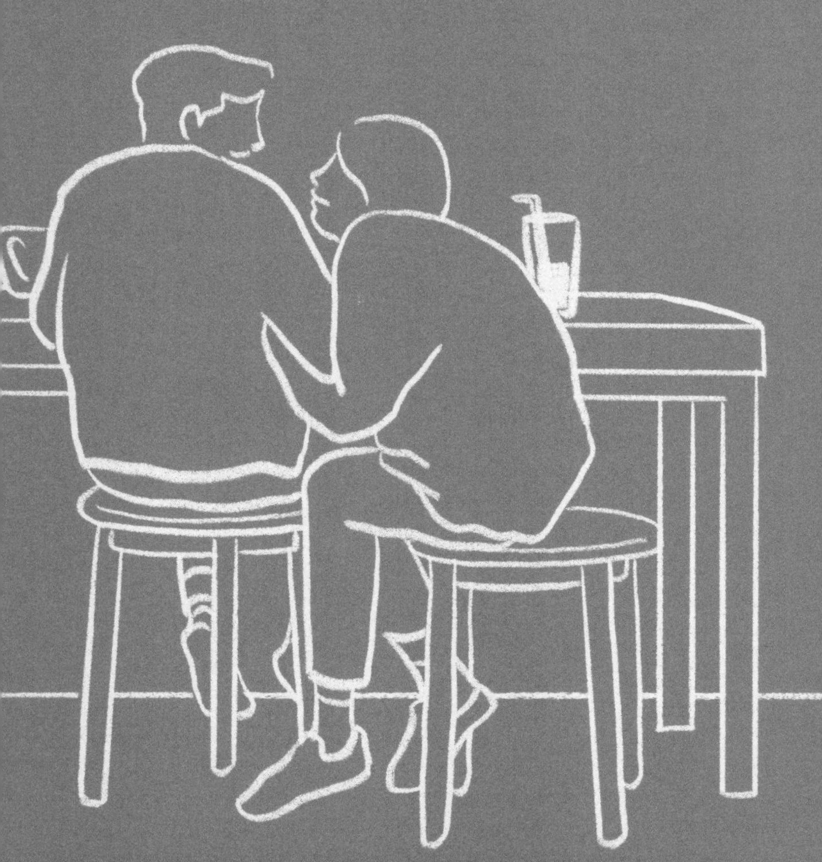

PART
3

오래도록, 내 곁에

식물은 처음이라 1

우리 집에 엄청 신경 쓰이는 생명체가 있다. 그것은 남편도 아니고 고양이 레오도 아닌 바로 아레카야자*이다. 오그라드는 것을 싫어해서 딱히 이름 같은 것을 붙여 주지는 않았지만 언제인가부터 이 초록이가 자꾸 신경이 쓰이기 시작했다. 결혼 전부터 플랜테리어가 꿈이었던 우리는 결혼 후 가장 먼저 식물들을 데려왔다. 그중에는 선물받은 것도 있고 직접 구매한 것도 있었다.

처음에는 네 가지 정도를 키웠는데 우리의 미숙함으로 여인초와 콤팩타는 유명을 달리했고, 알로카시아는 무른 밑동을 겨우 잘라 내 수경 재배 후 다시 화분에 옮겨 심었지만 성장이 시원찮다. 죽은 콤팩타와 여인초를 화훼단지에 가져다주고 몬스테라와 크로키아를 데려왔지만 신혼집에 처음 입주할 때부터 동고동락하던 애들이 아니라서 그런지 원래 있었던 아레카야자만큼 정이 붙지는 않았다.

어쨌든 아레카야자는 큰 창이 있어 통풍도 잘 되고 볕도 잘 드는 우리 집 환경이 마음에 들었는지 쑥쑥 잘 자랐다. 새로

◇◇◇◇◇

* 야자나무과의 관엽 식물이다.

운 가지를 계속해서 만들어 내 어느 순간부터 안방에 들어갈 때는 잎을 헤치고 지나가야 될 정도로 존재감을 어필했는데, 식물에 폐를 끼치기 싫어 고개를 숙이고 방에 드나드는 우리 모습이 너무 웃겼다.

그런데 어느 날부터 아레카야자의 잎이 한쪽 방향으로만 자라더니 급기야는 한쪽 뿌리가 드러나기 시작했다. 당황스러워서 꽃집을 하는 친구에게 물어봤더니 가장 겉에 있는 가지를 잘라 줘야 더 잘 자란다고 했다. 그 말을 듣고 나름 자른다고 잘랐는데 하나둘 자르고 보니 풍성하던 숱은 온데간데없이 휑해져 버려 그제서야 너무 많이 잘랐나 싶어 초조해졌다.

결국은 자꾸 보이는 뿌리와 한쪽으로만 자라는 모양새가 신경 쓰여 이번에는 출장 원예사 선생님을 불러서 분갈이를 했다. 선생님 왈 야자 가지치기를 너무 많이 했다면서 많이 약해진 것 같으니 이제 그만 자르라고 했다. 우려가 현실로 다가온 순간이었다. 멀쩡한 애들을 나의 경솔함으로 아프게 한 것 같아 내 자신이 미웠다. 거기다 엎친 데 덮친 격으로 어제는 가장 긴 줄기를 우리 집 고양이 레오가 점프하다 부러뜨렸는데 거짓말 안 보태고 억장이 무너지는 것 같았다.

그날 이후 텔레비전을 보는데도 자꾸만 볼품없어진 야자에 눈이 가서 집중할 수가 없었다. 하루에도 몇 번씩 살피면서 새로 나오는 줄기가 없나 개수를 세었지만 당연히 어제와 똑같은 개수였다. 하루아침에 줄기가 나오고 이파리가 펼쳐지지 않는 것을 알면서도 혹시나 하는 마음에 아침저녁으로 괜히 분무기를 뿌려 댔는데, 남이 보았다면 돌아오지 않을 옛 애인의 소중함을 뒤늦게 깨닫고 상대의 마음을 되돌리려는 눈물겨운 노력처럼 보였을 것이다.

이미 약해질 대로 약해져 버린 초라한 아레카야자를 보고 깨달았다. 이 풀떼기가 그동안 나에게 얼마나 큰 위안이었는지를. 주인 행세하는 이 말 없는 생명체가 집에서 어떤 존재였는지를. 집순이인 나에게 아레카야자가 있는 우리 집은 1년 365일 하와이였다. 열대 식물임에도 불구하고 우리나라에서 사계절을 세 번이나 견디고, 못난 주인의 어설픈 돌봄에도 쑥쑥 잘 자라 주었다고 생각하니 더 세심하지 못했던 것이 너무 미안해졌다. 그리고 진심으로 빌었다. 조금 더디어도 좋으니 예전의 풍성함과 생기를 되찾고 오래오래 나와 함께해 주었으면 좋겠다고 말이다.

낭만은 가까이

나의 새로운 작업실에 아방이가 놀러 왔다. 아방이의 작업실에 놀러 갔을 때 아방이가 내게 해 주었던 것처럼 나도 그가 그림을 그릴 수 있도록 중간에 있는 공용 테이블을 치워 주고 마실 물도 따라 주었다.

옆에 앉아서 같이 그림을 그리는데 갑자기 아방이가 위스키가 먹고 싶다고 했다. 마침 작업실을 함께 쓰는 오빠가 투 잡으로 바텐더를 한다고 해도 믿을 정도로 다양한 술을 작업실에 구비하고 있던 터라 달콤한 으른의 맛이 나는 위스키를 우리에게 한 잔씩 따라 주었다. 우리는 홀짝홀짝 마시면서 곧 떠나게 될 런던 여행에 대한 이야기를 나누었다. 어느 가을날 오후 다섯 시의 일이었다. 아직은 환한 대낮, 위스키 한 모금에 여행 이야기를 나누며 함께 그림을 그리는 풍경이 좋았다.

그리고 그 속에서 나는 낭만은 그리 멀지 않은 곳에 있음을 느꼈다.

여름밤, 어느 토요일

나는 소설이나 에세이를 즐겨 읽고 남편은 실용서를 즐겨 읽는데* 최근 책으로 인해 행복했던 일화 하나를 공유하고 싶다.

내가 한 챕터를 읽지 못하고 남겨 두었던 《나미야 잡화점의 기적》을 남편이 몇 장 읽더니 재미있다며 며칠에 걸쳐 계속 읽기 시작했고, 어느 날 밤 내가 일하고 있는 사이에 완독해 버렸다. 거실에서 책을 다 읽은 남편이 내게 말했다.

"책 읽는데 자기가 읽다 조그맣게 접어 놓은 부분이 있더라?"

"내가 그랬던가?"

"응. 그런데 신기하게 그 부분 나도 읽다가 뭉클했거든? 그런데 밑에 보니까 자기가 접어 놓았더라고."

"기억이 안 나네. 어떤 구절이었더라?"

"여기. '하긴 이별이란 그런 것인지도 모르겠다.(중략) 그렇게 하지 않는 것은 이미 인연이 끊겼기 때문이다' 여기 이 부분."

◇◇◇◇◇

* 즐겨 읽는다고 하기에는 사 놓고 몇 장 읽다가 배 위에 올려놓은 채로 잠든 모습을 더 많이 봤지만. 최근에도 《어떻게 죽을 것인가》라는 책을 빌려 와서는 두 달이 넘게 수면제로 쓰기에 '죽기 전까지 완독 못 하는 데 내 손모가지를 건다'라고 말해 줬다.

"아, 그 부분이었구나?"

"아무튼 나는 이제 다 읽었다!"

"나 오늘 밤에 마저 읽을 거니까 스포하지 마!"

그리고 새벽 1시쯤 자려고 누웠는데 요즘 너무 바빠 남은 내용을 읽을 시간이 없을 것 같아 그냥 남편에게 어떻게 끝나는지만 이야기해 달라고 했다.

"어떻게 된 거냐 하면(중략) 그래서 그 길 잃은 강아지 걔가⋯⋯ 환광원 출신이었던 거야. 그 할아버지가 병원에서 마지막으로 잡화점에 갔을 때 왜 한참 안 나왔다고 했잖아?(중략) 이렇게 끝나더라고!"

"대박 그렇게 된 거였어? 완전 소오름이다! 너 그런데 스토리텔링 완전 잘한다. 이로써 나도 다 읽은 걸로!"

왜인지는 모르겠지만 그날 책에 대해 이야기했던 시간과 공기의 분위기가 계속 좋은 기운으로 남아 약간 붕 떠 있는 듯한 기분마저 들었다. 최근에 제일 행복했던 순간이 언제였는지 누군가 묻는다면 망설임 없이 《나미야 잡화점의 기적》 이야기를 나눴던 토요일 여름밤이라 말해 주고 싶을 만큼 예쁜 순간이었다.

완벽한 저녁 식사

오늘 저녁, 아주 완벽한 한 끼 식사를 했다. 참고로 나는 멋부린 식당보다 아재 냄새 나는 식당을, 열심히 검색해서 찾은 맛집보다 우연히 들어갔는데 맛집인 곳을 좋아한다.

늦은 저녁을 먹으러 나왔는데 9시쯤 되니 망원 시장 안의 밥집들이 문을 닫아서 일단 집 방향으로 좀 더 걷기로 했다. 걷다 보니 3층 건물의 으리으리한 24시 정육 식당이 보여 들어갈까 고민하던 중 남편이 오른쪽에 있는 칼국수 가게를 가리켰다. 우리는 두 가게 사이에서 한참을 고민하다가 칼국수를 선택했다.

일단 해물 칼국수 2개를 시켰는데 메뉴판에 적힌 '부추전 3,000원'이 눈에 들어왔다. 주문하고 싶었지만 돼지냐고 타박을 받을 것 같아 조심스레 '대체 3천 원짜리 부추전은 어떤 느낌일까?'하고 세 번 정도 혼잣말을 했더니 남편이 그냥 부추전도 하나 시키라고 했다.

반찬으로는 열무김치, 배추김치, 보리밥이 나왔다. 보리밥에 고추장과 열무를 넣고 비벼 먹으니 이보다 더 훌륭한 전채가 있을까 싶을 정도로 입맛이 돌았고 내친김에 예정에 없던 동동주까지 시켰다.

뒤이어 나온 3천 원짜리 부추전의 퀄리티 또한 실망시키지 않았다. 바삭하고 촉촉한 맛이 아름다운 조화를 이루어 동동주

와 잘 어울렸다. 부추전을 2/3쯤 먹으니 해물 칼국수가 나왔다.

이 가게가 칼국수 맛집인지를 판가름하는 요소 중 가장 큰 비중을 차지하는 것이 바로 겉절이와의 조합이라고 생각했는데, 김치에 면을 싸서 한 입 먹자마자 이 가게를 바로 '민조킹 인생맛집 리스트'에 등재시켰다. 알고 보니 겉절이와 열무김치는 직접 담그신 거라고 했다.

늦은 시간이라 그런지 손님은 우리 둘뿐이었다. 칼국수를 흡입하다가 맞은편에 앉아 계시던 사장님과 눈이 마주쳤는데 나도 모르게 '너무 맛있어요'라는 말이 나왔고, 사장님은 웃으시며 천천히 먹으라고 하셨다. 용준이는 소주각이라며 소주를 팔지 않는 것이 아쉽다고 했다.

최근 '사랑에 빠진다'라는 문장에 어폐가 있다는 주장*을 두고 토론을 한 적이 있었는데 갑자기 남편이 그 말을 들먹였다.

"책에서 사랑에 '빠진다'는 것은 개소리라고 했지만 맛에 '빠지는' 것은 진짜야. 바로 지금처럼."

다 먹고 계산을 하면서 왜 소주는 안 파시느냐고 물었더니 메뉴에만 없고 다 있다며 냉장고를 가리키셨다. 우리는 소주가 있다는 것을 나중에 알아서 다행이라고 느꼈다. 소주를 시켰다면 아마 셔터 문을 내릴 때까지 먹었을지도 모른다.

우연히 알게 된 맛집에서 소소한 반찬과 동동주 한잔에 충만한 행복을 만끽한 최고의 식사였다. 예정에 없던 과식에 배를 두들기고 집까지 걸으며 내일 또 와서 팥칼국수와 해물 파전을 먹어 보기로 약속했고, 정말로 다음날 팥칼국수와 해물 파전을 먹었다.

◇◇◇◇◇

* 남편이 읽던 책에 있던 내용이었다.

문득

아무도 없는 작업실 바닥에 주저앉아 혼자 그림을 그리면서 여러 가지 생각들을 하다가 갑자기 내 결혼식 날이 떠올랐다.

때는 바야흐로 여름의 시작인 6월 초, 오후 예식을 마치고 집에 돌아와 친구들이 뒤풀이를 하고 있는 장소로 이동하려던 중 중학교 때부터 친했던 은혜로부터 전화가 걸려왔다. 결혼식장에서는 겨를이 없었다며 다시 한 번 축하한다는 말을 전하고는 나의 결혼이 본인에게는 남다른 의미라고 했다. 그 말을 하고 한참이나 말이 없어 전화가 끊어졌나 했는데 수화기 너머로 훌쩍이는 소리가 들렸다. 친구는 왜 주책 맞게 눈물이 나는지 모르겠다며 멋쩍은 웃음을 터뜨렸는데, 순간 나도 모르게 그 울음을 받아 같이 울고 말았다.

그도 그럴 것이 나는 중학교 2학년 때부터 일본이라는 낯선 나라에서 학창 시절을 보냈다. 당시 근처에 사는 동네 친구가 한 명도 없어서 매일 혼자 등교를 해야 했다. 그러다가 중3 때 은혜가 전학을 왔는데 알고 보니 같은 동네였다. 너무 기쁜 나머지 전학 온 첫날 무작정 그녀의 집 앞으로 찾아가 내일부터 함께 등교하자고 이야기한 것이 계기가 되어 우리는 정말 매일 같이 등하교를 했고 지금까지도 좋은 친구로 지내고 있다.

중, 고등학교 때의 나는 아침부터 엄마한테 혼이 나 울면서 등교하는 날이 많았는데 그때마다 그녀는 나의 하소연을 들어 주고 우는 나를 달래주었다. 성인이 되어 그동안 말하지 못했던 나의 가정사를 털어놓았을 때 그녀는 내가 왜 그렇게 힘들어 했었는지, 왜 매일 눈물 젖은 채로 지낼 수밖에 없었는지에 대한 마지막 퍼즐 한 조각을 찾은 듯한 표정으로 눈물을 흘렸는데 지금도 그 모습이 생생하다.

"그거 알아? 널 처음 만난 15살 때부터 스무 살이 될 때까지 너의 등은 항상 이렇게 굽어 있었다? 그래서 내가 맨날 너 등 펴 주고 그랬잖아. 너는 부모 복은 좀 없을지 몰라도 다른 인복이 정말 많은 것 같아. 좋은 남편에, 시부모님도 널 너무 예뻐해 주시잖아."

"그래, 맞아. 그리고 너도 내 인복 중 하나야."

나에게 일어났던 많은 일들과 힘들었던 시간들을 속속들이 알고 있는 친구라 나의 결혼이 좀 더 대견하게 느껴졌던 모양이다. 신나고 기쁘다가도 슬프고 찡한 온갖 감정들에 휩싸여 벅차올랐던 결혼식 뒤에 걸려온 그녀의 전화는 한동안 나의 가슴 한켠에 꽤 묵직하게 자리했던 터라 그날의 통화가 떠오르자마자 1초의 고민도 없이 바로 톡을 날렸다.

'오늘 갑자기 네가 나 결혼하던 날 저녁에 전화하다가 운 거 생각남. 고마웠어유 ㅎㅎ.'

민망한지 'ㅋㅋㅋ'를 남발하던 친구는 본인도 기억이 난다며 자신이 왜 울었는지 의문이라고 했다. 그녀와 친구로 지낸 15년이 넘는 시간 동안 우는 것을 본 적이 다섯 손가락 안에 꼽을 정도였기에 너무 놀라 기억에 남는 것이 아니냐고 했다. 그러면서 '김민조 네가 운 것을 다 세려면 손가락, 발가락 다 합쳐도 모자란다'며 우리는 서로 다른 의미로 고장 난 수도꼭지였다고 회상하며 웃었다. 나는 덕분에 결혼식의 여운이 더 예쁘고 뭉클하게 남았다고 이야기해 주었다. 그리고 그녀는 나에게 이렇게 말했다.

"김민조, 난 너의 이런 점이 참 좋아. 남들에게는 별거 아닐 수 있고 금방 잊을 수 있는 것들을 오래오래 기억해 주고 생각해 주는 거."

오늘의 대화도 시간이 지나면 언제였는지 어떤 말을 나누었는지 정확히 기억나지 않을 테지만, 2016년 6월 결혼식 날의 통화처럼 훗날 문득 찾아오는 기분 좋은 추억으로 남을 것 같은 그런 날이었다.

그렇게 한 시대가 지나갔다

오늘 저녁에는 와인 딱 한잔만 마시겠다고 선언하자 혜령이가 울상을 지으며 한 시대가 끝난 것 같다고 했다. 말하자면 수업이 끝나면 거의 매일 술집으로 갔던 시대, 만나기만 하면 술을 마셨던 시대, 밥은 건너뛰고 술집에 가서 옛날 도시락을 시켜 배를 채운 뒤 술을 마셨던 시대 말이다.

〈프렌즈〉의 동갑내기 중 가장 늦은 생일자인 레이첼이 서른 살이 되면서 'end of the year'을 외치던 것처럼 나의 술고래 시대는 그렇게 끝이 나버렸다.

인생에서 마실 수 있는 술의 양이 정해져 있다면 나는 20대 때 절반 이상을 먹어 버렸다고 해도 무방할 정도로 술을 많이 먹었다. 그런데 30대에 접어들면서는 금방 취하거나 다음날을 통째로 날려 버리기도 하고, 건강에도 하나둘 이상 신호가 오기 시작했다.

그런 이유에서 내가 술을 마다하는 일이 생기자 친구들은 '김민조가 술을 마다하다니 충격이다'라며 경악했다.

나이가 들었다는 증거 수집

증거 1. 음악적 취향

나는 재즈도 좋아하고 힙합도 좋아하지만 최신 가요도 즐겨 듣는다. 케이블에서 방영했던 한 서바이벌 프로그램 덕분에 아이돌 세계에 눈을 뜨게 되었다. 예전에는 아이돌 노래를 음악이라 생각하지 않고 무시해 왔는데, 알고 보니 꽤나 세련된 노래들이 많았다. 지금까지 나는 다양성을 무시하는 꼰대였을 뿐이었다.

하지만 따라 부르기는 여전히 어렵다. 기계음도 많고 최소 5명이서 파트를 나눠 부르는 노래를 혼자서 부르려면 숨이 다 찬다. 그래서 아이돌 노래는 그냥 청취만 하고 노래방에서는 옛날 노래만 부르기로 했다.

증거 2. 클럽

가끔은 클럽에 가고 싶다. 20대 초반, 클럽에 자주 가는 친구들의 손에 이끌려 못 이기는 척 가서는 쭈뼛거리다가 맨정신으로는 부끄러워 테킬라 샷을 원 샷하고 술기운에 춤을 췄었다. 그러다 20대 후반이 되어서야 클럽에 가는 것을 겨우 즐기게 되었는데, 30대가 되니 시끄럽고 다리가 아파 두 시간도 놀지 못하고 귀가하는 일이 반복되었고 '굳이 왜 클럽에 가서 음악을 듣나', '좋은 스피커 장만해 집에서 편하게 듣자'는 주의로 변해 버렸다.

그래도 가끔은 클럽 특유의 분위기가 그리워져 '오늘은 꼭 클럽에 가고 싶다'고 남편에게 말하면 그는 흔쾌히 '그래 가자!' 라고 하지만 11시만 되면 잠이 와서 매번 허탕 치기 일쑤다.

증거 3. 하이힐

예전에는 어쩌면 그렇게 높은 굽의 구두만 신고 다녔는지 모르겠다. 가파른 경사의 평화의 전당*을 오르락내리락할 때도 행여 자빠질세라 뒤로 걸어 내려올지언정 하이힐을 포기할 줄 모르던 여자가 바로 나였다. 힐에 집착한 이유는 신체 콤플렉스 중 하나인 두꺼운 발목을 감추기 위함이었는데, 아무도 내 발목을 신경 쓰지 않는다는 것과 잦은 하이힐 착용이 무지외반증을 초래할 수도 있다는 사실을 알고 난 뒤부터는 보다 편한 신발을 찾게 되었다. 결혼식에 갈 때 식장 앞에서 신고 온 운동화를 하이힐로 갈아 신고 가는 일도 많아졌다.

증거 4. 술

술을 좋아하지만 건강을 생각해 일주일에 1회로 줄이기로 했다. 우리 부부 둘 다 노포를 좋아하는데다 그런 곳에 가면 당연하다는 듯이 술을 주문하는 남편 덕에 가끔 결심이 무너질 위기에 처하기도 하지만. 그래도 최근에는 술보다 운동을 더 가까이하는 나를 보면서 세상 참 오래 살고 볼 일이라며 허세를 떤다.

◇◇◇◇◇

* 경희대학교

증거 5. 유행어

유행어를 나름 빨리 습득하는 편이라고 생각했는데 급식체는 응용이 어렵다. 설에 시골 시할머니 댁에 내려가서 어린 조카들에게 급식체를 썼던 남편이 후지다며 욕먹는 것을 보고 괜히 어설프게 쓰면 안 되겠다는 생각이 들었고, 어디 가서 급식체를 잘 쓴다고 말하는 것 자체가 나이 든 티를 내는 어리석은 행동이라는 것도 알았다.

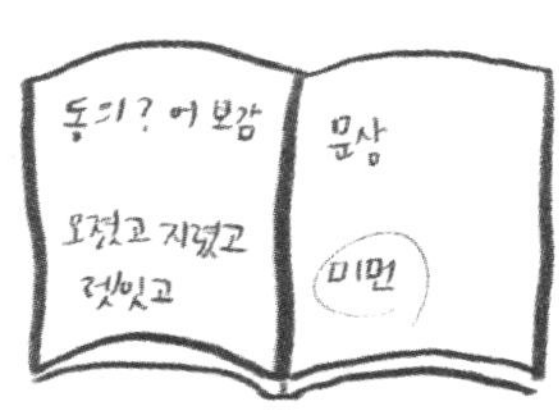

증거 6. 자신감

나이가 드니 내가 잘할 수 있다고 생각했던 것들이 하나둘씩 없어지는 것 같다. 분명 그림 그리는 것 말고도 잘하는 일이 있었던 것 같은데 말이다. 귀여움과 생기는 진작에 잃어 버렸고 고등학교 때는 보카 22000*도 다 외우고 스펠링도 틀리지 않고 잘 썼던 것 같은데 지금은 영어 스펠링은커녕 한글 맞춤법도 가물가물하다.

◇◇◇◇◇

* 내가 '보카 22000'을 다 외울 수 있었던 것은 당시 좋아했던 선생님 덕분이었다. 나는 공부에는 소질이 없지만, 선생님이 좋거나 수업 내용이 잘 맞으면 그 과목에 꽂혀서 점수를 잘 받기 위해 미친 듯이 공부를 하는 스타일이다. 당시 반 친구들은 매달 있는 단어 시험에서 밥 먹듯이 커닝을 했지만 나는 굴하지 않고 모조리 외워서 고득점을 차지했다. 그렇게나 영어에 열정적이었던 나는 훗날 대학생이 되어 1년이나 뉴욕으로 어학연수를 다녀왔지만, 지금은 해외여행을 가도 남편의 등을 떠밀며 되도록 비루한 영어 회화 실력을 들키지 않기 위해 안간힘을 쓴다.

MVP

원 없이 돈을 썼던 런던에서의 마지막 밤, 2층 버스 안에서 창밖을 내다보았다.

즐비하게 늘어선 상점의 불빛들이 번잡한 거리를 환하게 비추지만 바람만은 아직 차가운 밤거리에 한 악사가 키보드를 치며 노래를 부르고 있었다. 사람들은 바쁘게 그의 앞을 스쳐 지나갔고 악사는 아랑곳하지 않은 채 노래를 불렀다.

나는 버스 안에서 그 광경을 지켜보다 남편에게 말했다.

"저 사람은 행복할까? 어쨌든 하고 싶은 것을 하러 길거리로 나왔잖아. 돈에 상관없이 자신이 행복한 길을 택한 거겠지?"

그때였다. 말을 뱉고 나자 갑자기 나도 모르게 눈가가 뜨거워졌다. 나의 말에 남편이 뭔가 더 길게 이야기했지만 갑작스러운 내 감정을 더는 말로 표현할 수 없어서 빈 깡통 같은 대꾸만 했다.

그 광경을 지나와서도 연주하던 뒷모습이 계속 어른거렸다. 적어도 나에게 그날의 MVP는 거리의 악사였다.

여행 마지막 날

런던에서의 마지막 날은 부러 별다른 계획을 짜지 않았다. 돌아가는 비행기는 저녁 7시 반이었으나 체크아웃 후 아침 식사를 한 뒤 호텔에 짐을 맡기고 오이스터 카드*는 반납한지라 대중교통을 이용할 수도 없는 상황이었다. 우리는 어디에 갈지 고민하다가 근처에 있는 공원인 하이드 파크에 가기로 했다. 런던 여행 첫날 그냥 지나갔던 곳이었는데 워낙 넓은 공원이라 천천히 산책해 보기로 했다. 가장 가까운 입구로 들어가서는 나무 한 그루 없이 넓은 잔디 벌판을 가로질러 걸었다. 여행하는 내내 맑았는데 돌아가는 날에서야 하늘이 뿌연 것을 보고 이것이 진짜 런던 날씨구나 싶었다.

계속 걸어 숲을 지나니 강이 보였다. 강에는 백조와 각종 새들이 먹이를 주는 사람들을 따라 다니거나 잠수를 하고 있었다. 서울에서는 흔치 않은 광경이라 신기해하면서 강을 따라 걸었다. 어쩌다 보니 강 주변을 거의 한 바퀴나 돌았고 약간 지칠 때쯤 나타난 매점에서 물을 하나 사서 강이 보이는 테이블에 앉았다.

◇◇◇◇◇

* 런던의 티머니 카드 같은 것

백조 한 마리가 강물 위에 떠서 흘러가는 모습을 바라보고 있는데 갑자기 남편이 운을 뗐다. "바람에 유영하듯 물길을 떠가는 내 인생이여."

그리고 기지를 발휘하여 내가 맞받아쳤다. "바람 따라가면 이렇게 편할 것을."

마지막 구절은 남편이 완성시켰다. "왜 우리는 바람을 거슬러 가는가. 하이드 파크 남쪽 어귀에서."

시를 다 짓고 우리는 꽤나 괜찮은 문장이 아닐 수 없다며 낄낄 웃었다.

9일 간의 여행 동안 어쩌면 다시 오지 못할 곳이라는 생각에 부지런히 돌아다녔는데, 아무 일정도 없이 무작정 걸었던 마지막 날의 공원 산책은 당분간 우리에게 주어지지 않을 여유를 갖기에 더없이 좋은 마무리가 되었다. 산책을 하면서는 '이제 한국에 간다. 숨 막힌다'는 압박감도 잠시 잊을 수 있었다. 그리고 한국에 오고 나니 그때 흐린 하늘의 공원에서 아무 생각 없이 천천히 걸었던 시간이야말로 우리에게 정말 필요했던 일정이 아닐 수 없었다.

크리스마스 선물 1

12월 25일은 공휴일이었지만 전시의 주제가 주제인 만큼 연인들이 올지도 모른다는 생각에 오픈하기로 했다. 그리고 정말 많은 사람들이 전시장을 찾아왔다.

오후 네 시께쯤인가 커플들 틈에서 꽤 오랜 시간을 전시장에 혼자 머물며 둘러보던 한 멋쟁이 남자 분이 내게 말을 걸었다.

"여기 계신 분들은 다 어떻게 알고 오신 거예요?"

질문의 뉘앙스를 보니 나를 알고 이곳에 찾아온 것이 아님을 알 수 있었다. SNS를 통해 전시 소식을 보고 오시는 분들이 대부분이라고 대답하자 본인은 동네 주민인데 산책하다가 유리창 너머로 사람이 바글바글 모여 있기에 우연히 들어와서 보게 되었다고 했다.

도로를 가운데 두고 길 건너편만 해도 으리으리한 아파트 단지가 들어서 있는데 반해 이쪽은 아직 옛날 모습을 그대로 유지하고 있었다. 물론, 언덕배기를 타고 더 올라가다 보면 빌라와 오래된 아파트가 있기는 하지만.

유동 인구가 그리 많지 않은 곳에 우연히 찾아온 손님이라 감사하면서도 신기했는데 이어서 하신 말씀 덕에 반가움이 한결 더해졌다.

"우연히 들어왔는데 정말 좋네요. 그림을 보니까 예전에 연애했을 때 추억이나 이런 것들이 떠오르는 것 같아요."

"이번 전시를 통해 관객분들이 느껴 주셨으면 했던 부분이 바로 그 점인데…… 알아 주셔서 뿌듯합니다."

나는 대답하며 멋쩍게 웃었고 그분은 나의 SNS를 물어보신 뒤 몇 분 더 머물다가 가셨다.

1일 1회 '#민조킹'으로 해시태그를 검색해 보는 나는 어느 날 그분의 계정으로 짐작되는 SNS를 발견했는데, 그날의 일을 두고 '우연히 크리스마스 선물을 받은 것 같았다'는 글을 남겨 주셨더랬다.

크리스마스 선물 2

'선물' 하니까 또 다른 남자 관객*이 생각났다.

어느 평일 저녁, 듬직한 인상의 남자분 혼자서 전시를 보러 오셨는데 전시를 다 보고 나서는 달력 두개를 구매하셨다. 그중 하나에만 사인을 요청하시기에 '여자 친구분께 선물하시려고요?'라고 물으니 '사실, 전 여자 친구이긴 한데……'라며 말문을 여셨다.

사연인즉슨, 전 여자 친구가 나의 팬이어서 전시 소식을 듣고 같이 오기로 약속했는데 전시 오픈 며칠(혹은 몇 주) 전에 헤어지게 되었다고 했다. 그러다 오늘 전 여자 친구와 마침 만나기로 해서 나의 일러스트 달력을 선물로 주려 한다고 했다.

이야기를 듣고 나니 그날 처음 본 두 남녀의 연애사가 순식간에 머릿속으로 그려지면서 진심으로 둘의 연애를 응원하고 싶어졌다. 내 그림이 그려진 달력이 행운의 부적이 되기를, 두 사람의 인연을 다시 이어 주는 선물이 되면 좋겠다고 생각했다.

전시장에서 나눈 이 짤막한 대화는 두 사람의 연애에 완벽

◇◇◇◇◇

* 자꾸 남자 관객에 대해서만 이야기하는 것 같아 제 발 저린 마음으로 해명을 하자면 전시에 오는 관객의 60퍼센트는 커플, 30퍼센트는 여자분들이라 남자분 혼자서 오시면 본의 아니게 기억할 수밖에 없다.

한 끝맺음이 될지 또 다른 시작이 될지 모른 채 열린 결말의 영화처럼 궁금증만을 남기고 끝났지만, 내게는 어떤 희망을 떠올리게 한 선물 같은 시간이었다.

식물은 처음이라 2

무언가를 키운다는 것은 쉽지 않은 일이다. 특히, 식물을 키우는 것은 알면 알수록 쉽지 않은 것 같다.

일단, 가장 기본적인 물 주기부터 난관에 봉착한다. 꽃집이나 블로그에서는 그저 물을 일주일에 한 번 흠뻑 주라고 말하는데, 그래서 그 '흠뻑'이 얼마냐고요. 이 여린 초록의 생명체들을 키우기란 반려묘 레오를 키우는 것보다 더 까다로운 일이었다. 참, 두발 규칙을 어겨 학생부 선생님의 가위질에 당해 버린 남학생 머리카락처럼 듬성듬성 잘려 나가 볼품없어진 아레카야자는 예전만큼의 큰 키에 풍성함은 아니지만, 다시 그 아름다움을 되찾아 가는 중이다. 그날 이후로 나는 가지치기를 멈추었고 매일매일 잎들을 관찰하고 분무하며 잎 끝이 약간 노랗게 변하기만 해도 극성스러운 엄마처럼 발을 동동 구르고 호들갑을 떨며 걱정하게 되었다.

내가 식물을 키운다고 생각했는데 가끔은 식물이 나를 키우는 것 같은 기분을 느끼기도 한다. 이따금 예상치 못한 상황에서 감동을 주기 때문에 그럴까.

개인전을 열면서는 축하 선물로 총 세 종류의 화분을 받았다. 대엽 홍콩 야자, 스투키, 극락조까지. 극락조는 키우다가 죽인 적이 있어서 아쉬움이 남는 아이였는데 길쭉하고 늘씬한 아이로 선물이 들어와 괜히 기분이 좋았다.

이번에는 기필코 죽이지 말고 잘 키워 보리라 다짐했는데 그것은 전시 시작 일주일 만에 무너지고 말았다. 12월의 추운 날씨가 복병이었다. 혹여 얼기라도 할까 봐 전시장 안에 들여놓았던 화분이 오프닝 날 누군가에 의해 밖으로 옮겨져 있었고, 하필 그날은 영하 10도의 매서운 한파가 몰아치던 날이었다. 사람들과 인사를 나누던 와중에도 바람에 처절하게 휘날리는 널찍한 이파리가 눈에 밟혀 다시 안으로 들여왔지만, 결국 서서히 고개를 떨구며 오래된 바나나 같은 갈색으로 변해 갔고 그 모습을 지켜보는 내 심정은 이루 말할 수 없이 참담했다.

전시가 끝나고는 시커멓게 죽어 버린 문제의 극락조를 어떻게 할 것인가 고민에 빠졌다. 사이즈도 워낙 커 차에 싣고 오기도 애매하고, 그렇다고 어디 버리기도 뭣한 애물단지. 결국 다 갈색으로 변해 버린 와중에도 마지막까지 꼿꼿하게 고개를 들고 있던 이파리 하나에 1퍼센트의 희망을 걸고 집으로 데려왔다. 집에 와서 몸통의 중간을 댕강 자르고 보니 긴 막대기 두 개가 화분에 꽂혀 있는 것 같았다. 그 상태에서 다른 식물들과 똑같이 열흘에 한 번씩 물을 주었지만, 변화는 일어나지 않았다.

그러던 어느 날이었다. 화분 옆을 지나가는데 뭐가 툭 하고 떨어지는 소리가 났다. 지나가면서 줄기 부분을 건드렸는데 아슬아슬하게 몸통에 붙어 있던 말라비틀어진 껍데기가 떨어졌고, 가까이 다가가 자세히 들여다보고는 놀라움을 금치 못했다. 마른 갈색 줄기 안에 싱싱한 연두 빛의 줄기가 숨어 있었던 것이다.

"여보! 이리 와서 이거 좀 봐. 얘네 살아 있는 것 같아!"

기쁨과 놀라움, 의심이 섞인 말투로 다급히 남편을 불렀고, 혹시 몰라 옆에 있던 다른 몸통 줄기도 겉껍데기를 살살 벗기니 역시 연두 빛 줄기가 보였다. 누가 벗겨 주기만을 기다렸다는 듯이 며칠 만에 초록 줄기가 곧게 뻗어 나온 것이다. 하지만 우리의 경솔함과 무지함도 며칠 후 함께 밝혀졌다.

새로 나오기만을 기다렸던 이파리 부분도 죽은 줄기를 자르면서 반쯤 잘려 나간 것이다. 곧게 뻗은 초록 줄기에는 삼겹살을 싸 먹기에는 너무 커서 절반으로 자른 상추처럼 생긴 이파리 두 장이 매달려 있었는데 그 형상이 무척 해괴했다. 아레카야자 때처럼 또 한 번 극락조에게 미안했지만, 그저 살아 준 것만으로도 뛸 듯이 기뻤다. '너 용케 그 추위를 견디고 살아 주었구나. 그때처럼 큰 키로 자라지 않아도 괜찮으니 새 줄기, 새 이파리를 마음껏 쭉쭉 펼쳤으면 좋겠다. 그리고 나도 너처럼 끈질기게 살아 볼게.'

어느 날 밤, 괜히 감상에 젖어 말 못 하는 식물보다도 나태했던 내 모습에 대한 반성과 각성의 시간을 가졌다. 그리고 몇 주 뒤 또 다른 새순 하나가 줄기를 뚫고 나왔다. 이 끈질긴 친구의 미래를 누구도 예측할 수 없지만 나는 앞으로도 얘가 새로운 변화를 보일 때마다 '어머, 어머 이것 좀 봐' 호들갑을 떨며 남편을 부를 것이다.

작심삼일

1월 1일을 맞이하여 전시 준비를 핑계로 방치해 놓은 집을 대청소했다. 일어나자마자 안방 화장대 서랍을 뒤집어엎는 것을 시작으로 거실, 주방, 화장실을 청소했다. 사람의 관심이 오랫동안 닿지 않은 곳에는 먼지와 곰팡이가 보란 듯이 앉아 있었고 나는 그것을 박멸하겠다는 마음으로 소매를 걷어붙였다. 열심히 하고 나니 2시쯤 되었는데 정리를 요하는 끝판왕인 옷방을 건드렸다가는 오늘 하루를 다 써 버릴 것 같아 다음 주로 미루었다.

청소를 마치고는 남편이 먹고 싶다던 피자를 시켰다. 원래는 양식을 즐겨 먹지 않는데 오늘은 노동 후 먹는 밥이라 그런지 꿀맛이었다. 한결 깔끔해진 집에서 후련한 기분으로 배달 음식을 먹으며 내가 좋아하는 좀비 영화를 봤다. 영화를 보고 마저 정리를 한 뒤 시계를 봤는데 아직 7시 반밖에 안 됐다는 사실에 잠깐 행복했다.

밥 먹은 지 얼마 안 된 것 같은데 남편이 또 '뭐 먹을래?'라고 물었다. 시골에 사는 사람들이 왜 삼시 세끼, 무엇을 먹을지 고민하느라 하루를 다 보내는지 알 것 같다며 냉장고에 있던 유통기한이 일주일 지난 오리를 김치와 함께 구워 먹었다.

소파에 앉아 책을 읽다가 시어머니가 주신 한겨울용 두꺼운 솜이불로 침구를 교체하고 나니 어느덧 잘 시간이 되었다. 간만에 신혼 초와 같은 상쾌한 기분으로 이불 속에 들어가 '아침부터 분주하게 움직이고 많은 일을 끝냈는데도 시간이 얼마 안 되어서 행복해. 새해의 좋은 시작이야'라고 했더니 남편이 '넌 행복하구나. 난 아닌데'라고 했다. 그 말을 듣고 '넌 어땠는데'하고 물으니 '나는 여느 날과 똑같이 내일이 조금 더 늦게 오길 바랐어. 왜냐하면 난 내일 출근해야 하는 회사원이니까'라고 말해서 조금 미안했으나 오늘처럼만 열심히 살자는 다짐이 작심삼일이 되지 않기를 바라며 잠자리에 들었다.

오래되어서 더 빛나는 것들

새 화장품을 뜯을 때의 기쁨.

새 옷을 입고 외출하기 전 거울을 봤을 때의 프레쉬함.

새로 사서 깎은 색연필을 쓸 때의 기쁨.

그렇다고 새것만 다 좋다는 것은 아니다. 가끔은 헌것이 더 좋을 때도 있다.

어려서는 새로운 사람 만나는 것을 참 좋아했다. 오죽했으면 대학교 때의 목표가 학점도 연애도 아닌 인맥이었을까. 어릴 때는 그 사람의 성격이 어떻든 그냥 다 친구 먹고 안 맞으면 언쟁할 에너지가 남아 있었지만, 나이가 들면서는 새로운 사람을 만날 일이 자연스럽게 줄었고 맞지 않는 사람과는 작정하고 멀어졌다. 금방 방전되어 버리는 에너지를 불필요한 감정 소모에 쓰기보다 내 곁에 오래된 친구들을 챙기는 데 쓰기로 했다.

오래된 친구들 중에는 오래된 애인이자 가족이 된 남자, 남편도 포함된다. 연애 3년 차쯤 되었을 땐 우리 관계에 설렘이 없어진 것 같다고 투덜댔지만, 사실 그 자리에는 안정감이 들어앉아 있었다. 이틀째 감지 않은 머리 냄새를 고소하다 말해 주고 서로의 방귀 소리가 무엇과 비슷한지 이름 붙이는 것도 안정감*에 포함시킬 수는 없겠지만…….

우리가 전셋집으로 구한 마포구의 신혼집도 오래된 빌라였지만 첫눈에 끌렸다. 그전에 신축 빌라 몇 군데를 돌아다녔지만 모두 썩 마음에 들지 않았다. 살게 된다면 새집 증후군으로 두통에 시달리거나 비좁아서 답답했을 것 같다. 지금 우리 집은 오래되었지만 널찍하고 창도 크게 나 있으며 빛도 아주 잘 들어온다. 처음 봤을 때는 너무 낡아 보였지만 이 집의 진면목을 파악하는 데는 그리 오래 걸리지 않았다.

도배장판을 새로 하여 입주한 이곳에서 지난 3년 동안 많은 것들을 이룰 수 있었고, 지금 내게는 세상 어느 곳보다 편안한 곳이 되었다. 새것은 헐어지고 헌것은 낡아지겠지만 그런 변화가 결코 가치 없어지는 일이 아니라고, 더 깊어지는 일이라고 믿고 싶다.

◇◇◇◇◇

* 그냥 편안함이라고 해 두자.

할머니

내가 세 살 때부터 일곱 살이 될 때까지, 나는 할머니 손에서 자랐다. 할머니는 '친구를 만들어 달라'고 떼를 쓰는 나의 손을 붙잡고 동네 여기저기를 데리고 다니면서 '민조랑 친하게 지내'라고 이야기해 주시고, 동네에 있는 피아노 학원도 다니게 해 주셨다. 무조건적인 내 편의 할머니가 좋기도 했지만, 시어머니로서의 할머니나 지하철에서의 사나운 할머니, 남들이 버린 쓰레기나 고물을 주워 모으는 구질구질한 할머니가 싫고 부끄러울 때도 있었다. 그래도 할머니는 나밖에 없었다. 나는 눈에 넣어도 안 아픈 집안의 첫 손주였으니까.

이제 내가 그토록 싫어하던 할머니의 모습은 찾아볼 수 없게 되었다. 상냥하고 잘 웃으며 고맙다는 말을 많이 하시던 소녀 같은 할머니. 집 안에 고물을 들여놓기는커녕 바닥에 떨어진 머리카락 한 가닥도 용납하지 않는 깔끔한 할머니가 되셨으니까. 나는 가끔 전혀 다른 사람이 되어 버린 할머니가 낯설게 느껴진다. 만날 때마다 결혼은 했느냐고 묻고 가끔은 내가 손녀인 것도 까먹지만 내가 '민조'라는 사실은 아직까지 잊지 않고 기억해 주는 것이 얼마나 기쁜지 모른다.

그래도 가끔은 나를 온전히 알아봐 주던 억척스럽고 드센 젊은 할머니가 그립다.

PART
4
저 지금 진지합니다

맛없집

우리 집 근처에 10평 남짓 되는 식당이 있다. 원래는 샐러드 가게였는데 몇 달 안 돼서 가게를 뺐고 그 자리에 꽤나 매력적인 메뉴의 밥집이 들어섰다. 커피도 안 마시는데 자꾸 동네에 카페만 잔뜩 생겨서 못마땅하던 차에 들린 반가운 소식이었다. 지나다니면서 꽤 사람이 있는 것을 몇 번 봤던 터라 남편에게 나중에 와 보자고 말했었는데 마침 시아버지께서 우리 집에 오시게 되어 함께 그 식당에 가 보기로 했다.

남편은 퇴근이 늦는다고 하여 나중에 메뉴 하나를 포장하기로 하고 누들 하나, 1인 보쌈 정식 하나를 시켰다. 내가 시킨 누들이 먼저 나왔는데 예상과는 전혀 다른 맛의 음식이 나왔다. 재료 하나하나 놓고 보면 좋은 재료들인데 모아 놓으니 해괴망측한 맛이 나는 조화였다. 다이어트에 도움이 될 만한 메뉴라고 했는데 너무 느끼하고 달아서 다섯 숟가락 이상 먹을 수 없었다. 이어서 아버님께서 주문하신 보쌈이 나왔다. 한 점 맛을 보니 그럭저럭 먹을 만은 했지만 멀리 전라도에서 올라오신 아버님께 대접하는 식사로는 영 시원찮은 맛이었다. 기분 탓인지 모르겠지만 전에는 함께 식당을 가면 '맛있다'를 연발하셨는데 이번에는 전혀 그런 말씀이 없으신 걸 보고 안절부절못한 마음이 들었다. 서울에 자주 오시지도 않는데 이런 음식을 드시게 했다는 것이 몹시 민망했다.

먹는 둥 마는 둥 식사를 끝내고 계산하려는데 머릿속이 복잡해졌다. 한 백 번쯤 고민했던 것 같다. 대놓고 '맛없다'라고 하면 주인이 충격받을 테니 최대한 돌려서 '누들이 너무 입맛에 안 맞았다'고 이야기할까. 대부분의 사람들은 맛없는 식사를 하고 나서 주인에게 피드백을 하지 않는다. 그냥 그 가게에 다시 가지 않을 뿐. 그런 점에서 만약 내가 식당 주인이라면 '맛없다'는 피드백이 굉장히 고마울것 같다는 생각을 했지만, 역시 쓸데없는 오지랖인가 싶어 입을 닫았다.

대신 마지막 기회를 주는 차원에서 남편이 먹을 떡볶이를 포장 주문했다. 얼마 후 집에 돌아온 남편에게 오늘 갔던 가게에 대한 리뷰와 함께 마지막으로 이 떡볶이에 희망을 걸어 보자고 했다. '설마 떡볶이가 맛없겠어?'하고 남편이 먹는 옆에서 나도 한입. 하지만 결과에 반전은 없었다. 백종원 아저씨가 나오는 프로그램에 내가 대신 솔루션을 신청하고 싶은 심정이었다. 언뜻 보기에 주인분들은 열심히 하시는 듯했지만 백종원 아저씨에 빙의해 말씀드리고 싶었다. '이렇게 할 거면 장사하지 마세요.'

그 후 여러 날이 지났고, 우리는 두 번 다시 그 가게에 가지 않게 되었지만, 종종 손님들이 있는 것을 볼 때마다 '저 사람들 낚였네, 낚였어'하고 혀를 차며 번듯한 겉모습에 속아 맛없집* 의 희생자가 된 그분들에게 심심한 위로의 마음을 보냈다.

◇◇◇◇◇

* 맛집의 반대말. 내가 만든, 나 혼자만 쓰는 신조어.

마을의 스피드 레이서

마을버스 기사 아저씨는 어떤 기분으로 동네를 돌까?

한 회사에 1년만 다녀도 매너리즘에 빠지는데 같은 동네를 하루에도 몇 십 바퀴나 빙글빙글 돌아야 하는 업무에 지루함을 느끼지 않기 위한 나름의 마인드 컨트롤 방법이 있는 것일까?

하긴 나도 매일 다니는 동네의 뻔한 풍경 속에서 이따금 새로운 구석을 발견하기도 한다.

하지만 기사 아저씨는 그 경지를 넘어 진작에 새로운 것은 다 찾아버렸고 하다 하다 결국, 오늘처럼 과격 운전까지 가게 된 것일지도 모르겠다.

운수 좋은 날

수영을 시작한 지 두 달 째, 생리 때문에 2회를 빠진 것과 늦잠 자서 1회 빠진 것 말고는 전부 출석했다. 새벽에 일어나는 것이 힘은 들지만, 달콤한 잠의 유혹을 뿌리치고 수영장으로 향하며 맡는 새벽 공기는 이루 말할 수 없이 상쾌하다. 이런 나의 열정이 사뭇 대단하다는 생각이 들다가도 그 시간에 분주히 출근하는 사람들을 보면 그런 생각이 싹 사라진다. 나에게는 세상을 달리 볼 수 있는 아침 풍경이 그들에게는 새로울 것 하나 없이 그저 졸리고 피곤한 일상일 뿐일 테니.

고작 일주일에 두 번 가는 수영도 힘들게 일어나는 나약한 인간이 여기 있다. 화요일은 그나마 눈이 잘 떠지는데 목요일은 알람을 끄고 한 번 눈을 감았다 뜨면 10-20분이 훌쩍 지나 있다. 지난번에는 눈을 뜨니 한 시간이 지나 있어서 수영을 가지 못했는데 왠지 분했다. 그래서 수요일 저녁은 자기 전에 항상 '내일은 무조건 6시 20분에 일어나는 거야'라고 몇번이나 스스로에게 세뇌시키면서 잠을 청한다.

그리고 오늘 그 결심이 이루어져 모처럼 일찍 일어나 수영장에 갔는데 화장실에서 볼일을 보던 중 생리가 터져 버렸다. 젠장. 오늘은 배영 팔 돌리기를 배우는 날이었는데…… 목요일인데 지각도 안 하고 일찍 왔거늘, 어째서 물에 들어가질 못하니.

먹는다는 것

혜령이가 우리 집에 놀러 온 날이었다. 이 친구와는 대학교 1학년 때부터 지금까지 10년 넘게 알고 지냈지만, 이 아담한 체구에 먹을 것이 끊임없이 들어간다는 사실은 이날 처음 알았다.

우선 그녀는 익일 배송이 되는 장 보기 사이트에서 엄선한 각종 먹거리를 우리 집으로 배송시켰다. 그것들을 우리는 세 시간 동안 쉬지 않고 먹고 마셨다.

그리고 이제 위를 좀 쉬어 주려는 타이밍이라고 생각하던 차 그녀가 갑자기 저녁으로 무엇을 먹을지 고민해 보자고 했다. 내가 '글쎄, 뭐 먹지? 뭐 먹을까?'하다가 배도 부르고 딱히 끌리는 것이 없어 다른 이야기로 자연스럽게 넘어가려 해도 '아, 맞다. 우리 저녁 메뉴 이야기하고 있었잖아. 그래서 저녁은 뭘 먹을까?'로 돌아오는 그녀의 화법 덕에 배달 어플을 켜지 않을 수 없었다. 결국, 깐풍기와 양장피를 시켜서 야무지게 먹었는데 막상 배가 불러도 먹으니 신기하게 또 들어갔다.

밥을 다 먹고 나서는 넷플릭스를 틀었다. 넷플릭스를 보는데 혜령이는 옆에서 또 감자 칩을 먹었다. 그 모습에 놀라움을 금치 못하고 '너 되게 잘 먹는다'했더니 자신의 친구들 모임에 대해 이야기해 주었다.

그녀 말에 의하면 그 친구들과 모이면 점심에 만나 거의 자정이 될 때까지 쉬지 않고 계속해서 먹는다고 했다. 보통 사람들과 그 친구들의 사고 차이에 대해서도 말해 주었다.

보통 사람들은 '배부르다=그만 먹자'인 반면 그 친구들은 '배부르다=그래서 뭐 어쩌라고'라고 했다. 산이 거기 있어 산을 오르는 산악인처럼 그곳에 음식이 있기 때문에 그저 먹을 뿐이라고 했다.

대식가의 철학은 보통 사람의 것과는 차원이 다름을 이때 처음으로 느꼈다. 그리고 혜령이 덕분에 내 위도 왠지 조금은 늘어난 것 같았다.

나는야 맥시멀리스트

물질 만능 주의를 탈피하여 미니멀리즘을 행해야 하고 편안한 노후를 위해 내 젊은 영혼을 갈아 넣어야 하고 내 집 마련을 위해 간지를 포기하는 일은 나와 맞지 않다.

나는 내가 버는 돈을 단 1원도 저축하지 않고 마구마구 쓰고 싶다. 그것도 아주 쿨하게. 예를 들면 남편에게 롤렉스*를 사 주는 것이다. 마치 석 달에 한 번쯤 시계를 사는 시계 컬렉터마냥 능숙하게 시계를 고르고 깔끔하게 일시불로 값을 치른 뒤 매장을 나와 괜히 백화점 1층부터 꼭대기 층까지 롤렉스 쇼핑백 로고가 보이게 들고 다니며 사람들의 시선을 즐기는 것이다. 아, 물론 이것은 상상에 그치겠지만.

내가 이렇게 허세가 심하다.
돈 쓰는 게 제일 재미있다.
비싼 게 최고야.
나는야 맥시멀리스트.

◇◇◇◇◇

* 그리고 2018년 5월, 진짜로 남편에게 롤렉스를 사 주었다.

컴플레인

서비스직 그러니까 감정 노동을 직업으로 삼으시는 분들이 정말 대단하다고 생각한다. 세상에는 '손님이 왕이다'라는 말을 악용하는 배워 먹지 못한 손놈들이 많은데 이상한 손님만큼 이상한 점원들도 많다. 지인들은 내가 정곡을 찌르는 말을 잘하고 감정 표현에 솔직하기 때문에 가게나 식당에서 부당한 대우를 당하면 할 말은 할 거라고 생각하는데 실상은 전혀 그렇지 못하다.

가게 아르바이트생의 실수를 잘못된 애정으로 감싸며 나를 죽일 듯이 째려보던 K모 식당의 사장과는 남편의 만류로 싸우지 못하고 나왔는데, 그 부당한 서비스를 받고 제대로 따지지 못했다는 아쉬움에 며칠 밤을 이불킥했는지 모른다.

가뜩이나 민감한 곳을 다루는 산부인과에서 불친절한 태도로 나를 불편하게 했던 간호사에게는 참다 참다 결국 폭발했지만, 스스로 분을 이기지 못해 금방이라도 울 것처럼 염소 소리를 내 버렸다. 분노에 찬 나의 아우성을 듣고 간호사는 꿈쩍도 하지 않았다. 끝까지 잘난 척하는 얼굴의 간호사와 붉으락푸르락 금방이라도 울 것 같은 나의 대치 상황이 제3자의 눈에는 도리어 내가 혼나는 것처럼 보였을 것이 분명했다.

남편은 자기가 잘못한 것을 지적할 때는 그렇게 논리 정연한 사람이 고객 센터에 컴플레인을 하거나 점원에게 잘못을 지적하는 것은 왜 그렇게 겁내는지 이해할 수 없다고 했다. 나 역시 내가 왜 그런지 꽤 오래 전부터 이유를 알아내려고 애썼다. 왜냐하면 앞에서는 어버버하다가 집에 와서는 '이렇게 말할걸, 저렇게 말할걸' 후회하며 밤잠을 못 이룬 날들이 많기 때문이다.

상상 속의 나는 냉철하면서도 핵심을 찌르는 말로 무례했던 점원을 무자비하게 K.O시켜 버리는 컴플레인의 천재였다. 하지만 몇 번이나 시뮬레이션을 돌려도 응용력이 부족한 나는 매번 비슷하지만 다른 상황에 패잔병이 되었고 또 다시 밤잠을 설쳐야 했다.

내가 제대로 컴플레인을 못하는 이유를 '물건과 함께 서비스를 판매하는 직원이 나를 무시하는 모습에 당황해 버려서'라고 생각한다. '이 사람은 나에게 친절해야 하는데 왜 지금 이런

식으로 말을 하는 거지? 난 고객인데? 뭐지?' 찰나의 순간 동안 이런 의문들이 머릿속을 하얗게 만들어 어떤 반격도 하지 못하게 한다. 그 후에 얼굴을 붉히며 가게를 나섰던 순간이나 시원하게 내뱉지 못한 지적들은 더욱 선명하게 남아 나를 괴롭힌다.

나와는 달리 컴플레인을 똑 부러지게 하는 친구가 있는데, 그가 무례했던 종업원을 혼쭐내는 일화를 듣고 있으면 대리 만족과 동시에 부러움을 느끼게 된다. 억울한 상황이 생기면 그녀의 영혼을 잠깐 빌려 쓰고 싶을 정도이다. 더는 억울해만 하며 잠 못 들거나 속상해지고 싶지 않다. 아니, 그냥 컴플레인을 생각할 일 없이 서로 존중하며 예의를 지켜 준다면 좋겠다. 그러면 이런 고민을 할 필요도 없을 텐데.

전문가

세금 관련하여 회계사무소 직원과 통화를 하다 내가 물었다.

"그럼 이 부가세는 어디에 내면 되죠?"

직원은 마치 못 들을 것을 들었다는 듯 '네?'라고 되묻더니 '근처 은행에 가셔서 내시면 돼요'라고 했는데 전화를 끊고 나니 왠지 내가 바보 같고 하찮게 느껴졌다.

남편에게 일련의 일들을 이야기하며 괜한 질문을 해서 얼굴도 모르는 회계사무소 직원에게 무시당했다고 했더니 남편이 말했다.

"그럼 그 직원에게 하루에 그림 30개 그려 보라고 해 봐. 그분은 회계 업무를 잘하는 전문가고, 너는 그림을 그리는 전문가인데 세무 업무를 대신해 주는 입장에서 네가 모른다고 무시할 권리는 그 사람에게 없어."

나의 다친 마음을 단박에 낫게 해 준 아주 현명한 대답이었지만, 진짜로 '당신은 그럼 그림 30장을 그려 보세요'라고 유치한 질문을 하기 위해 다시 전화를 거는 수고로운 짓은 하지 않았다.

제가 만약,
수학을 잘했다면 수학자가 됐을 거고
노래를 잘했다면 가수가 됐겠죠.
안 그런가요?

받은 만큼 똑같이

나는 예의 없는 사람이 싫다.

똑같은 문의를 해도 낮에 연락하는 사람이 있고 시간에 상관없이 하는 사람이 있다.

'안녕하세요'로 시작하는 사람이 있는가 하면 다짜고짜 '이 그림 얼마인가요? 연락 주세요'하는 사람도 있다.

유치해 보일지 모르지만 나는 상대방이 인사를 건네면 반갑게 인사하고, 용건만 간단히 예의는 밥 말아 먹은 사람에게는 똑같이 용건만 말한다.

눈에는 눈, 이에는 이 아닙니까.

그대가 나에게 준 기분 똑같이 돌려드립니다.

모바일 청첩장

결혼식 초대의 똥 매너를 겪으니 기분이 똥 같았다. 내 결혼식 때 마지막으로 보고 처음으로 온 대학 후배의 연락은 모바일 청첩장이었다. 앞뒤 인사말 하나 없이, 밑도 끝도 없이 딱 '청첩장'만 왔다. 혹시 뒤에 다른 말이 올까 싶어 기다렸지만 그것으로 끝이었다. 그런 사람이 있다는 것을 말로만 들었는데 진짜 있을 줄은.

10년 전의 사납고 날카로운 성격이 지금까지 그대로였다면 곧바로 쌍욕이 나갔겠지만 어차피 앞으로 평생, 지나가다 우연히도 만날 일 없는 자식 때문에 열불 내지 않기로 했다. 시간 내서 와 준 게 고마워서라도 화내면 안 되지. 어차피 걔 결혼식 날 난 영국에 있어서 가지도 못하니까 괜히 성내지 말고 걔가 냈던 축의금 3만 원만 돌려주자.

마음은 항상 이렇게 대인배이고 싶지만 아무렇지 않게 '결혼 축하해'라는 다섯 글자를 보내기가 곧 죽어도 싫었던 소인배 김민조는 황당함을 드러내는 말 한마디는 해야겠다 싶어 고민 끝에 이렇게 보냈다.

'○○야. 인사 정도는 해 줘ㅋㅋ.'

옛날 사람과 요즘 애들

추석 때 런던에 가게 되어 그 전주에 시댁을 방문했는데, 잠깐 어디로 이동하는 길에 택시를 이용하게 되었다. 차에서는 산울림의 노래가 흘러나오고 있었는데 제목이 기억이 안 나 노래 제목을 물었더니 〈회상〉이라고 답해 주셨다. 그것으로 미루어 짐작했을 때 기사님의 나이는 대략 40대 초반쯤 될 듯했다.

우리는 빨간불에 잠시 정차했고 왼편으로는 초등학교가 보였다. 마침 학교 담벼락에 걸려 있는 현수막 표어가 웃겨 남편에게 '저거 좀 보라'고 했다. 아마 재학생 중 한 명이 쓴 것일 터였다. 현수막에는 '부모님 차 자랑 말고, 멋진 다리 뽐내며 걸어 다니자'라고 쓰여 있었다. 그것을 읽은 기사님과 나, 남편 모두 다 빵 터졌다. 얼마나 많은 학생들이 학급 친구들에게 자기 집에 외제차 있다고 자랑을 하기에 혹은 부모님들이 그 차로 아이들을 통학시키기에 저런 표어가 걸렸나 싶었다.

기사님 왈, 본인 때는 '무찌르자 공산당' 등의 반공 포스터가 학교 곳곳에 붙어 있었다고 했다. 생각해 보니 나도 초등학교 저학년 때 삐라를 줍는 즉시 신고하라는 포스터를 본 적이 있는 것 같았지만, 우리 때는 주로 불조심이나 환경 보전을 주제로 열린 대회가 많았다. 그런데 시대가 또 변하여 살 만해지니 아이들의 교육 환경에 위화감을 조장하지 말자는 표어가 내걸린 것이다. 나는 이런 변화가 새삼 신기하고 재미있었다.

"그런데 우리 어릴 때는 오히려 학교에서 학생들의 집안 형편을 상대로 편 가르기를 하지 않았나요?"

남편의 말이었다. 그러면서 학교에서 가정 통신문에 아버지 수입과 직장을 써 오라고 한 적이 있었다고 덧붙였다. 생각해 보니 나도 그런 것을 써서 학교에 제출했던 기억이 어렴풋이 났다. 거기에는 굉장히 상세하게 가족 구성원과 부모님의 직업을 써야 했고 심지어 현재 살고 있는 집이 자가인지 월세인지 전세인지 쓰는 칸까지 있었던 것으로 기억된다. 물론, 당시에는 왜 이런 것을 써 오라고 하는지 전혀 관심이 없었다. 누가 못사는지 잘사는지 따져 가며 친구를 사귀지*도 않았다.

문득 어느 익명 게시판에 올라온 '어릴 적 쓰레기 같았던 선생님에 대한 기억'이라는 제목의 글을 본 것이 떠올랐다. 집이 가난해 촌지를 주지 않았다는 이유로 학급에서 선생님의 주도로 왕따를 당하고 억울하게 구타당한 사람들이 '적지 않다'는 사실을 접하고 꽤나 충격을 받았었다.

'요즘 초등학교에서는 예전처럼 집안 형편에 대해 써 내라고 하지 않겠지?'라고 물었더니 남편이 '저 표어가 왜 걸렸겠어. 선생님이 안 시켜도 애들끼리 그러니까 걸렸겠지. 요즘 애들 영악하다잖아'라고 했다. 그 말을 듣고 요즘 애들을 영악하다는

◇◇◇◇◇

* 문방구집 딸내미였던 친구가 부러웠던 적은 있다. 다양한 종류의 연습장과 세일러문 카드, 종이 인형, 색종이를 원 없이 쓸 수 있다니……그때 당시로는 부러워하지 않을 수 없었다.

범주에 뭉뚱그려 일반화시키는 식의 사고는 꼰대로 가는 급행열차라며 남편을 다그쳤다.

나는 요즘 아이들이 그때의 나보다 훨씬 영악할 거라고 생각하지 않는다. 세상이 많이 변했다고는 하지만, 그래도 순수한 아이들이 더 많을 거라고……믿고 싶다. 백지 같은 아이들이 앞으로 어떤 그림을 그려 나갈지는 예나 지금이나 변함없이 어른들의 몫이라고 생각하는데 이런 생각들을 하고 있자니 왠지 조금은 어른에 가까워진 것 같은 기분이었다.

가정 교육

런던에서 돌아오는 비행기 안에서의 일이었다.

내 자리는 화장실이 정면으로 보이며 발을 뻗을 수 있는 비상구 자리였는데 초등학교 3, 4학년 정도 되어 보이는 사내아이가 화장실로 들어가더니 30초 만에 나왔다. 물소리도 안 났는데 말이다. 그 뒤를 이어 들어갔더니 웬걸, 물도 안 내리고 변기 뚜껑도 들려 있었는데 거기에 오물까지 잔뜩 묻어 있었다. 그렇게 빨리 나왔으니 당연히 손도 씻지 않았겠지.

아니, 물을 내리지 않은 것은 비행기 화장실이 익숙하지 않아 어떻게 하는지 몰라 그랬다 쳐도 변기 뚜껑은? 요즘은 집에서 변기 주변에 떨어진 잔여물을 닦지 않고, 게다가 뚜껑까지 올려놓고 나오면 바로 엄마한테 등짝 스매싱당하는 시대가 아니었던가……? 소변을 온 사방에 튀기면서 서서 싸는 것이 남성의 미덕인 시절은 지난 지 오래건만. 역시 집에서 새는 오줌, 밖에서도 새지 않을 리 없다. 하긴, 다음 사람에 대한 배려가 눈곱만큼도 없는 초딩에게 무슨 잘못이 있겠는가. 제대로 가르쳐 주지 않은 부모를 탓해야겠지.

또 한 번은 4-5학년쯤 되어 보이는 꼬마였다. 아무렇지 않게 화장실 앞에 늘어선 긴 줄을 무시하며 비집고 들어가 문 앞에 섰는데, 때마침 문이 열리고 아이의 아버지가 나오자 나이스타이밍으로 화장실을 차지하고 말았다. 뒤에 서 있던 사람들 모두 어리둥절한 것 같았지만 너무 순식간에 일어난 일이었고, 그때는 나도 가만히 그 상황을 지켜보며 그러려니 했다.

그로부터 몇 시간이 지나 식사를 마친 뒤 다들 화장실에 몰려 줄이 길게 늘어섰는데 이번에도 그 꼬마가 슬금슬금 화장실 쪽으로 다가오는 것이 아닌가. 꼬마는 줄 맨 뒤에 서서 기웃기웃하더니 사람이 조금 줄어들자 화장실 대기 순번 첫 번째였던, 이를 닦고 헹굴 준비를 마친 안경 쓴 여성의 앞에 슬쩍 서 버렸다. 나는 혹시나 싶어 그 꼬마를 예의 주시했는데 아니나 다를까 문이 열리자 아무렇지 않게 안으로 쏙 들어가는 것이 아닌가. '아'하고 나도 모르게 탄식이 나오려던 그 순간, 꼬마의 뒷덜미 정확히는 옷깃을 잡으며 '내가 먼저야'라고 말하는 안경 언니의 정의 구현! 줄 선 사람들은 밀려난 꼬마를 조용히 맨 뒤로 보냈다. 이로써 꼬마의 두 번째 새치기는 실패로 돌아갔다. 사람 많은 곳에서의 예의를 모르는 초딩에게는 잘못이 없다. 대신 새치기는 나쁜 것이라고 알려 주지 않은 부모를 탓해야겠지.

똥싸개의 런던 여행 준비기

-경고-

더러운 이야기에 비위가 잘 상하는 사람이라면 부디 이 글은 넘어가 주기 바란다.

나는 과민성 대장 증후군이 있다. 어떨 때는 장이 일자인 것처럼 느껴질 정도로 무언가를 잘못 먹으면 금방 탈이 난다. 변비인 사람이 보면 부러울 정도로 자주 설사병이 난다. 어떤 일본인이 응가를 바지에 지리는 수치스러운 경험을 한 뒤 배에 붙이고 있으면 초음파를 통해 방광, 직장의 팽창이나 변화를 관찰하여 알려 주는 이른바 '배변 알리미'를 발명하기에 이르렀다는 기사를 본 적이 있는데, 참으로 탐나는 아이템이 아닐 수 없다.

그런 똥쟁이인 나에게 굉장히 난이도 높은 미션이 주어졌으니 바로 런던 여행이었다. 아기가 생기기 전에 유럽 한번 가 보자는 마음으로 선택하게 된 런던. 그 낭만의 도시는 우리나라처럼 곳곳에 화장실이 있지 않을 뿐더러 지하철에도 드물게 화장실이 있고, 심지어 유료인 곳도 있다고 했다. 나는 그 사실을 비행기 티켓을 끊고 얼마 지나지 않아서 알게 되었다. 아뿔싸. 그 뒤 여행 계획만큼이나 나의 장 계획도 철저히 준비해야겠다고 마음먹었다.

일단 네이버의 검색 키워드는 '런던 화장실'이었다. 이 키워드를 중심으로 블로그를 샅샅이 뒤졌다. 그 결과 '런던 지하철toilet map pdf' 파일을 발견하게 되었고 각종 갤러리와 박물관은 입장이 무료이며 대부분 화장실이 잘 갖춰져 있다는 사실을 알아냈다. 또한 스타벅스나 맥도날드 등의 패스트푸드점, 카페에도 고객을 위한 화장실이 있으니 음료 한 잔을 주문하고 화장실을 이용하라는 나름의 팁도 얻었다.

하지만 나는 여기서 만족할 수 없었다. 더 철저히 준비해야 했다. 그래서 다음은 구글로 눈을 돌렸다. 구글에 'london toilet'을 검색을 하자 GPS상의 화장실 위치를 알려 주는 'Flush'라는 어플이 있음을 알게 되었다. 이쯤 되면 이 글을 읽는 독자분들 입장에서는 대체 어느 정도의 똥쟁이기에 이렇게까지 하나 싶은 생각이 들지 모르나 나는 그저 예민하고 철저할 뿐이다. Flush는 한국에서 개발한 어플이 아니라 작동이 잘 되는지 안 되는지 알 길이 없었지만 일단은 믿어 보기로 했다.

마지막 준비는 약이었다. 공항 약국에 가서 유럽 여행에 가는데 과민성 대장이라 걱정이 된다며 먹자마자 바로 반응이 오는 약을 추천해 달라고 하니 '설사 세트*'라는 견출지가 붙어 있는 약을 주셨다. 공항이라 그런지 꽤 비싼감이 없지 않아 있었지만 '효과가 좋다'는 약사님의 말을 들으니 천군만마를 얻은 듯하였다. 그렇게 만반의 준비를 마치고 비로소 나는 편안한 마

◇◇◇◇◇

* 이 대목에서 나는 나 같은 설사쟁이가 많음을 확신했다

음으로 런던에 갔다. 지렸는지 안 지렸는지 궁금한가? 궁금하면 오백 원.

다행히 위기는 10일 중 단 한 번, 여행 첫날 찾아왔다. 첫 번째 숙소에서 두 번째 숙소로 옮기는 택시 안에서 갑자기 신호가 왔다. 그날따라 길은 또 왜 그렇게 막히던지. 가까스로 몇 차례 위기를 모면하고 목적지에 도착하여 남편이 짐 보관 센터에 짐을 맡기는 사이 Flush를 켜고 가장 가까이에 있는 화장실을 찾아갔는데 해당 위치에 다다랐지만 도무지 입구를 찾을 수 없었다. 당황하여 주위를 둘러보고 있자니 난 누군가 또 여긴 어딘가. 가뜩이나 길치인데 배가 아파 하늘은 노래지고 런던 한복판에서 내가 지금 무엇을 하고 있는지 부끄럽기도 하고 오만 생각이 들던 와중에 나의 눈에 들어온 붉은색 간판. 바로 '프레 타 망제pret a mager[†]'였다. 한국의 드러그스토어 수준으로 곳곳에 있던 그곳이 바로 나의 구세주였다. 나는 이곳에서 가까스로 위기를 극복했다. 깔끔히 일을 해결하고 밖에 나오니 아까 보이지 않던 공중화장실의 입구가 보였다.

어디 내 위기뿐인가, 이 사랑스러운 체인점은 남편의 위기도 해결해 주었다. 우리는 진심으로 '프레 타 망제 만세'를 외쳤다. 한국에서는 검증할 수 없었던 Flush도 굉장히 도움이 되었다. 분명 이 어플도 나 같은 똥쟁이가 만들었을 터였다.

◇◇◇◇◇

† 엄청난 숫자의 점포를 가진 체인점임에도 불구하고 샌드위치가 굉장히 맛있다.

탈 없이, 정말 아무 탈 없이 즐겁고 행복한 여행이었다.

우유

오늘 우유에 콘플레이크를 말아 먹었더니 먹을 때는 맛있었는데 막상 먹고 나니 속이 부글부글했다. 유제품이랑 잘 맞지 않는 것을 알면서도 왠지 계속 먹고 싶다. 자기 전 예쁜 머그에 따뜻하게 데운 우유 한잔이라던가 하는…….

그러고 보니 초등학교 때는 왜 우유 급식을 반강제로 시켰는지 모르겠다. 학교 뒤편에 쌓여 있는 초록색 우유 박스만 봐도 우유 특유의 비릿함이 연상되어 구토가 나올 것 같았다. 당시 우유를 받으면 먹기 싫어서 우유를 좋아하는 친구들한테 몰아주거나 집에 가져가다가 가방 안에서 터져 곤란했던 적도 많다. 지금 생각해 보면 그것처럼 클래식하고 우유다운 디자인이 또 없었는데, 그때는 마냥 촌스럽고 식욕을 전혀 돋우지 않는 곽 디자인이 먹기 싫은 데 일조했던 것 같다.

지금은 우유가 참 맛있다. 그때 열심히 마셨으면 몇 센티 더 컸을까 싶지만 당시 키가 큰 짝꿍에게 '넌 뭘 먹고 그렇게 키가 컸니'라고 물어봤을 때 '콩나물'이라고 대답했던 기억이 난다. 심지어 라면 먹고 키가 컸다고 한 친구도 있었다. 우유를 먹어야 키가 큰다는 말도 그냥 어른들이 지어낸 말이었던 것 같다.

우유 안 먹어도 클 놈 클 아시죠?

넌 정말 성격이 나빠

런던 여행에서는 남편과 꽤 굵직하게 싸웠다. 연인들이 여행에 가면 특히 더 많이 싸운다는데 여태껏 여행지에서 별로 싸워 본 적이 없어 체감을 하지 못했었다. 첫 일본 여행은 사귄 지 얼마 안 되었을 때여서 서로 배려하느라 바빴던 것 같고, 나머지 여행들은 발리나 하와이 같은 휴양지여서 싸울 일이 없었던 것 같다. 특히, 하와이는 허니문이어서 더 그랬는지도 모르겠다.

런던은 지난 여행들과 달리 많이 걸어야 하는 여행이어서 그랬을까? 그렇다고 하기에는 이미 첫날 공항에서부터 심하게 다투었다.

온라인 셀프 체크인에 실패한 우리는 오후 2시 비행기임에도 불구하고 체크인 창구가 열리는 오전 6시까지 공항에 가야 했는데 체크인 후 탑승까지 뜨는 시간을 위해 전화로 공항 내에 있는 캡슐 호텔을 예약했고, 남편은 자신의 준비성에 스스로 감탄하며 으스댔다. 그런데 웬걸. 체크인을 마치고 예약한 캡슐 호텔 로비에 갔더니 예약자 명단에 우리 이름이 없었다. 알고 보니 1호점에 예약을 해야 하는데 다른 터미널에 있는 2호점에 예약을 한 것이다. 지금 당장 들어갈 수 없으며 1호점의 방이 빌 때까지 1시간을 기다려야 한다는 직원의 말에 남편의 의기양양하던 모습은 당황해 어쩔 줄 모르는 모습으로 바뀌었고, 나 역시 치밀어 오르는 짜증을 감출 수 없었다. 그냥 미안하다고 말해 주기를 바랐는데 남편은 변명만을 늘어놓았다. 그 모습에 더 짜증이 나 톡톡 쏘아붙이니 오히려 실수할 수도 있지 않냐며 같이 짜증 내는 것을 보니 손이 부들부들 떨릴 정도로 화가 났다.

주변의 시선을 아랑곳하지 않고 냉랭한 말들을 내뱉던 도중 입실이 가능하게 되었다는 직원의 전달을 받았는데, 거 보라며 얼마 안 기다리고 방을 쓸 수 있게 되지 않았느냐는 남편의 말에 끝내 폭발하고야 말았다. 나는 세상 둘도 없는 원수와 방을 쓰게 된 것처럼 절대 먼저 말을 걸지 않으리라 굳게 다짐하며 엄청나게 화가 났음을 온몸으로 표현하기 위해 애썼다.

그렇게 자는 둥 마는 둥 하고 일어나서는 서로 흥분해 미처 하지 못했던 말들을 조금 덜 따끔하게 이야기하며 마무리했다.

큰 싸움이 있은 뒤라서 그랬을까. 여행 중 며칠 간은 서로의 눈치를 보며 심기를 건드리지 않으려 애썼고 그래서인지 사소하게 부딪히는 부분도 잘 넘어가는 듯했다. 여행 중간중간 남편이 카톡과 즐겨 찾는 사이트를 자주 보는 광경을 목격해 거슬리기는 했지만 또 다투고 싶지 않아서 꾹 참았다.

그러다 여행 마지막 날, 밥을 다 먹고 화장실에 갔다 돌아오는데 또 그 사이트를 들여다보고 있는 남편의 모습에 터지고야 말았다. '여행 중에는 핸드폰 좀 그만 들여다보라고 몇 번을 말하느냐'고 말하면서 언쟁이 시작되었다. 이에 남편은 '넌 뭐가 그렇게 불만이냐'며, '네가 잠깐 자리 비웠을 때 보는 것도 안 되느냐'며 따졌다. 나는 '여행 내내 친구들이랑 카톡도 안 하고 그 사이트도 안 들어가지 않았느냐'고 했다. 거기에 '휴대폰을 자주 보는 것은 나와의 런던 여행이 재미없는 것처럼 느껴지기까지 한다'고 덧붙였다. 남편은 '내가 인스타그램에 올릴 사진을 고르는 모습이 거슬렸지만 자신은 거기에 불만을 표하지 않았는데, 왜 너는 시비를 거느냐'고 하며 급기야는 '넌.정.말.성.격.이.나.빠'라고 했다. 이따금 장난으로 나에게 성격이 나쁘다고 한 적은 있었지만, 왠지 이번에 한 말은 진심 같았다. 그러면서 '너에게는 좋은 점이 훨씬 많지만 나쁜 2퍼센트가 오늘처럼 가끔씩 튀어나오면 정말 미쳐 버릴 것 같아'라는 말까지 했다.

런던에 왔으니 휴대폰은 그만 보고 창밖 좀 내다보라고 한 말이 성격 나쁘다는 말로 되돌아올 줄은 꿈에도 생각지 못했다. 물론, 나도 내 성격이 마냥 좋지만은 않다는 것을 아주 잘 알지만 그 사실을 인정하는 것은 오직 나뿐이어야 했다.

여기에 지지 않고 '그럼 성격 나쁜 나랑 왜 결혼했냐'고 묻자 남편은 좋은 게 훨씬 많아서라고 했다. 쉴 새 없이 공격을 하다가 갑자기 좋은 점이 많다고 말해 버리니 어이가 없어서 웃음이 났다. 결국, 이제 하루 반밖에 남지 않았으니 사이좋게 보내자며 훈훈하게 마무리하고 언제 그랬냐는 듯 다시 시시덕거리기는 했지만.

먼 타지에서의 싸움이었거니와 좀처럼 싫은 소리를 하지 않는 남편의 속마음을 알게 된 사건이라 한국에 돌아와 이따금 런던 여행을 떠올리면 그날의 싸움이 반사적으로 함께 떠올랐다. 마침, 그럴 때 남편이 자고 있으면 괜히 이마를 톡 하고 건드려 소심하게 복수하고는 했다.

진짜 나쁜 년

그런데 사실, 나는 성격이 나쁜 것이 맞다. 어쩌면 그냥 나쁜 정도가 아니라 개싸가지 성격 파탄자 수준인 것 같다. 남들 앞에서는 그런 성격을 본의 아니게 숨기고 살지만 모든 진실을 아는 것은 가장 가까운 사람, 바로 남편이다. 최근 런던 여행에서 그가 나에게 성격이 나쁘다고 한 말을 인정할 수 없었는데 한국에 돌아와서 또 한 차례 다툼이 있었고 그 사건의 전말은 다음과 같다.

작업실을 구하면서 접이식 자전거를 구입했는데, 다루는 데 서툴러 찌는 듯한 여름 한낮의 더위에 그것도 도로 한복판에서 땀으로 샤워를 하는 등 몇 차례 애를 먹었다. 그러다 하루는 조립에는 성공했지만 체인이 빠져 바퀴가 헛돌았다. 전시 준비로 잔뜩 예민해져 있는 와중에 무거운 자전거를 5층에서 1층까지 들고 내려왔는데 또다시 내가 해결할 수 없는 문제가 생기자 엄청난 짜증이 밀려왔다.

결국, 회사에 있는 남편에게 전화를 해 다짜고짜 성질을 냈다. 자전거 체인이 빠진 것이 남편의 잘못도 아니었는데 저 밑바닥에 있던 작은 분노까지 끄집어내 원기옥이라도 모으듯 칼날 같은 말들을 만들어 퍼부었다. 내가 왜 이런 '거지 같은' 자전거 때문에 시간을 낭비해야 하느냐는 말까지 하면서 갖은 짜증을 다 부렸다. 회사에 있다가 갑작스러운 나의 전화를 받고 날벼락을 맞은 남편은 가만히 내 말을 듣고 있다가 이내 화를 터뜨렸다.

모든 화를 다 쏟아 내고 나니 아차 싶었지만 그 순간에는 고장 난 브레이크처럼 가속되는 내 감정을 멈출 길이 없었다. 순간, 나의 책《모두의 연애》프롤로그에 썼던 남편의 말*이 떠올랐다.

항상 서로를 배려하고 참으면서 살아야 한다고 다짐하지만, 이런 순간이 올 때마다 그때의 다짐은 안중에도 없고 세상 못된 사람이 되어 버리는 나. 백날, 천 날 사랑은 이런 거다 소중한 사람을 소중하게 대하자며 연애 박사처럼 멋진 말을 씨불여 놓고 본인부터 실천이 안 되는 작가가 바로 나란 사람이었다.

자전거를 타고 작업실에 가는 도중에 이미 화는 다 풀렸지만, 괜히 뻘쭘해 바로 사과하기는 싫어 카톡으로 힘없는 반격 몇 마디를 하다가 타이밍을 봐서 슬쩍 사과했다.

"너 진짜 나쁜 년이야."

"맞아, 나 나쁜 년이야. 미안해."

나는 결국, 내가 성격이 나쁜 것을 인정할 수밖에 없었다. 그리고 남편에 대한 미안함과 반성의 뜻으로 앞으로 한 달 간은 짜증을 내지 않겠다고 혼자 다짐해 보았다.

◇◇◇◇◇

* "너는 왜 소중한 사람을 함부로 대해?"

너, 진짜
싸가지 없어.

그래..
니 말이 맞다.

엄마

주위의 모녀 지간을 보면 중간이 없다. 완전 친구처럼 지내거나 상극이거나.

내가 엄마에게서 싫었던 점은 첫째, 다른 사람의 말을 잘 끊고 자신의 생각만이 옳다고 주장하는 점과 둘째, 돈으로 모든 것을 해결하려는 점이었다.

나이가 들면 자신이 이룬 대단한 것들에 대해 신념을 넘어선 신앙을 갖게 되고, 그것을 자식들에게 이해(라고 쓰고 강요라고 읽는다)시키려 하지만 그것은 아주 큰 오류이자 나이 든 사람들이 흔히 범하는 오만이라 생각한다.

나는 가끔 그녀가 살아오며 쌓아 올린 신념이 너무도 대쪽같이 느껴져 어느 순간 부러질지도 모른다고 생각했다. 아무튼 나는 점잖고 다른 사람의 의견을 귀담아 들으며 사주팔자에 의존하지 않는 어른으로 늙고 싶다.

그런데 모녀가 상극인 경우를 보면 서로가 거울처럼 닮았기 때문이라는데…… 어쩐지 앞으로의 날들이 조금 걱정된다. 늙어서 나도 엄마처럼 될까 봐.

어른이 된다는 것

보험사 직원이랑 전화 통화를 하는데 나를 '선생님'이라고 불렀다. 끊고 나서 생각해 보니 그 호칭이 왠지 낯설게 다가왔다. 그전까지 나는 학생, 아가씨 정도로만 불렸고 선생님은 처음이었다. 가만히 생각해 보니 어릴 때 나보다 나이 많은 여자는 언니, 남자는 오빠였는데 지금은 '-씨'라고 부르게 되었음을 깨달았다. 대상을 높여야 할 때 선생님이라는 호칭을 쓴다는 것을 알고는 있었지만, 막상 내가 들은 것은 처음이라 진짜 어른이 된 것 같은 느낌이었다.

어렸을 때는 스무 살이 되면 다 어른스러워지는 줄 알았고, 어른은 다 자기 앞가림을 잘할 거라고 생각했다. 그런데 스무 살의 나는 그냥 고3 딱지만 떨어진 애송이였고 그전까지 누리지 못한 자유를 만끽하느라 고삐 풀린 망아지처럼 미쳐 날뛰었다. 술은 나쁜 것이니 먹어 없애자는 마음으로 일주일 동안 마셔 댔고, 사고 싶던 옷들은 미친 듯이 사 재꼈다. 그런 방황은 내가 취업하기 전까지 계속되었다.

삼십 대가 되었다고 크게 달라진 것은 없었다. 올해 처음으로 실비 보험이란 것도 타 봤다. 아플 때 쓰려고 보험을 들었는데 보험사 직원까지 와서 면담하는 것을 보고 '보험금을 주지 않으려 발악하는 것 같아 기분 나쁘다'고 했더니 남편은 '원래 그렇게 까다로운 것'이라고 했다. 그 말을 듣고 나는 벙 찌지 않을 수 없었다. '아, 원래 그런 거였어? 처음 해 봐서.'

내가 또래에 비해 조금 덜 똘똘해서 그럴 수도 있지만, 아직도 이렇게 서투르고 불완전하고 모르는 것투성이다. 밥도 혼자서 처음 먹어 봤고, 결혼도 처음(?) 해 봤고, 현명한 집 고르기에 대해서도 알게 되었지만 이것이 끝이 아니다. 프리랜서가 되고 나니 회사에서 알아서 해 주던 때가 그리울 정도로 챙겨야 할 것이 많다. 종소세, 양도세, 지방세……무슨 세금 종류가 이렇게도 많은지 알면 알수록 머리가 아프다.

아, 어른이 되는 게 이렇게 어려울 줄 알았더라면 되지 않는 거였는데……. 삼십 대 중반을 향해 달려가는 지금, 이제 좀 무언가를 알 것 같다가도 모르는 것투성이인 나는 여전히 무늬만 어른이다.

호의

눈 오는 날 인터뷰를 마치고 합정에서 집에 가는 지하철을 탔다. 같은 칸에 탄 한 할아버지와 홍대입구역에 내려 횡단보도를 건널 때까지 같은 방향으로 걸어갔는데 우산이 없으신 것 같았다. 추위와 눈에 잔뜩 웅크린 탓인지 아니면 원래 그러신 것인지는 모르겠지만 허리가 잔뜩 굽은 할아버지는 내리는 눈을 하염없이 맞으며 넘어지지 않으려 애쓰는 뒷모습으로 조심조심 걷고 계셨다.

그러다 문득 내가 '우산이 없는 저 할아버지에게 호의를 베풀어도 될까' 싶었다. 어디까지 가시는지 묻고 가시는 데까지 우산을 씌워드리고 싶은 마음이 들었다. 항상 누군가를 도와야 하는 상황에서 호의를 베푸느냐 무관심으로 답하느냐를 고민하지만, 괜한 짓이라는 생각이 늘 앞서는 나였다.

예전에 버스에서 어떤 할아버지께 자리를 양보했더니 '진작 일어서지 그랬느냐'라는 말이 돌아온 무안한 경험이 있어 이후부터는 호의를 베푸는 일에 겁이 나게 되었다.

그리고 혼자서 이런 생각을 하던 사이 할아버지는 내 시야에서 멀어졌다.

콘돔 권하는 사회

어떤 영화 예고편을 보았다. 주인공으로 등장하는 오래된 커플의 모습이 우리 부부와 닮아 있어 큰 기대를 하고 개봉하자마자 보았는데 기대와는 달리 예고편이 전부인 영화였다.

영화의 작품성이나 내용의 몰입은 그렇다 치고 보는 내내 가장 이해가 안 되는 부분이 있었는데 바로 임신이었다. 아기 낳을 능력도 없으면서 대체 왜 피임을 안 하는 것인지 심히 궁금했다. 한순간의 쾌락이 최소 세 명의 인생을 좆망의 길로 인도할 수 있다는 것을 진정 모르는 것인가? 주변 사람들 중에도 콘돔을 착용하지 않는 사람들이 꽤 있는데 이유는 몸속에 다른 물질이 들어오는 게 싫어서라고 했다.

그것을 이해 못 하는 것은 아니지만 실수의 대가가 무려 임신, 책임져야 할 부양가족, 한 생명의 탄생이라는 무시무시한 사실이 피부에 와 닿지 않는 것일까? 즐기는 것도 좋지만 성인으로서 책임감 있게 즐겼으면 좋겠다.

고로 결론은 모두 콘돔을 사용합시다! 요즘 콘돔 잘 나와요.

안녕 아가!

어느 날, 남편과 남편 친구 금수가 통화하는 이야기를 들은 적이 있다.

연애 때부터 나는 남편의 고향 친구들과 자주 놀고 다 같이 여행도 몇 번 갔기에 꽤 친한 구석이 있었다. 그런데 결혼 후부터 자꾸 틈만 나면 2세는 언제 가질 것인지 질문해 왔고, 그것이 세 번, 네 번이 되자 점차 짜증이 났다. 그날도 또 그러기에 통화 중에 일부러 들리라고 '야, 우리한테 신경 끄고 너나 연애 좀 해라'고 소리를 질렀다.

그 질문은 상당히 무례한 것일 수 있다. 왜냐하면 불임이나 난임으로 아이를 갖는 데 어려움이 있어 마음고생을 하고 있을 수도 있고, 경제적인 문제로 인해 아이를 포기하는 부부도 있기 때문이다.

오죽하면 한 친구는 그런 질문을 받으면 '애기 낳을 테니 1억만 주세요'라고 말을 했을까. 대신 아이를 키워 줄 것도 아니고 육아에 필요한 돈을 줄 것도 아니면서 쉽게 내뱉는 말들, 낳으면 다 하게 되어 있다는 무책임한 말들이 나는 너무 싫다. 그 질문은 너희 둘이 원만한 부부 생활을 하고 있는지, 더 직설적으로 말하면 섹스를 하고 있는지, 질외 사정을 하는지, 콘돔을 쓰는지를 돌려서 묻는 것이나 마찬가지다. 갖게 되면 어련히 알아서 알려 줄 것이고 그럼 그때 축하해 주면 되는 것인데 왜 자기들이 더 안달이 나 만날 때마다 물어보는지 모르겠다.

무언가를 키운다는 것은 분명 쉽지 않은 일이다. 반려동물을 키우는 것도 식물을 키우는 것도 심지어 다마고치를 키우는 것도 어려운데 인간은 오죽하랴. 아이의 탄생이란 나와 남편의 결정으로 아이의 의지와 상관없이 삶이라는 것을 쥐어 주는 것인데, 혹시 그 아이가 태어나서 살아 보니 이딴 세상에 왜 날 태어나게 했느냐고 할 수도 있지 않은가*.

인생에 늘 회의적인 한 친구도 부모님이 키워 주신 것은 감사하지만 낳아 주신 것은 하나도 감사하지 않다고 했다. 자라오면서 딱히 행복하다고 느낀 적이 없다고 말한 미용실 선생님도 사람들이 아이를 원하는 이유가 하나같이 자기 자신을 위한 것이며 그것은 굉장히 이기적인 선택이라고 말했다.

우리도 어느덧 결혼한 지 2년이 넘었고 집 안의 어른들은 당연한 순서라는 듯 남편에게 넌지시 이야기를 꺼내시는 듯하지만, 3년 동안은 아기를 가질 생각이 없다고 단호하게 이야기를 해 놓은 상태이다.

임신을 미루는 이유에는 여러 가지가 있지만, 그중 하나는 내가 아직 부모가 될 마음이 되어 있지 않기 때문이다. 아직은 누구의 엄마보다 김민조로 불리고 싶은 마음이 더 크다. 이제야 좋아하는 것을 찾았는데 그동안 쌓아 온 것들이 끝날 것 같은 두

◇◇◇◇◇

* 나도 해 본 생각이기 때문에 하는 말이다.

려움도 있다. 이 선택 역시 누군가는 자신만을 생각한 이기적인 선택이라 하겠지만. 부모가 될 마음의 준비, 아이를 키울 수 있는 금전적인 준비가 되어 있지 않고 아직은 일에 대한 성취욕이 더 크기 때문에 조금 미루어 두는 것뿐이다.

열 달을 품어 쉽지 않은 여정을 겪고 태어난 나의 아가를 행복하게 해 줄 자신이 있을 때, 그때 우리 둘의 결실을 만나고 싶을 뿐이다.

셀프 불구덩이 체험

누군가를 열렬히 사랑하게 되면 그 순간부터 귀에 오뎅을 박아 버리기 때문에 이 사랑이 옳은 방향으로 가고 있는지에 대한 판단력을 상실하게 된다. 그래서 주변의 걱정 섞인 우려나 만류의 말을 듣고도 결국 제 발로 불구덩이를 향해 걸어 들어간다.

친구들이 애인의 치명적인 단점에 대한 고민 상담을 해 오면 예전에는 진지하게 조언을 해 주었지만, 지금은 '어차피 네 마음대로 할 거면서 왜 물어'라고 대답하고 만다.

그러다 '이 사람은 그것만 빼면 다 잘해 줘'라고 자위하며 불구덩이에 들어갔다가 나오면 그때는 이미 만신창이가 된 후다.

국어부심

어느 날 우연히 택시 안에서 흘러나온 라디오 프로그램을 듣고 나도 모르게 빠져든 적이 있다. 한 전문가 패널이 나와 우리나라의 고전을 현대적으로 해석해 주는 프로그램이었는데 마침 〈춘향전〉이 소개되고 있었다. 전문가가 말하기를 평소 우리는 다른 사람의 입장이 되어 볼 일이 많지 않은데, 다른 사람의 입장을 간접 경험해 볼 수 있다는 점에서 소설은 큰 의미가 있다고 했다. 나도 그런 이유로 소설을 좋아한다. '누가 나에게 일주일의 자유 시간을 주고 여행을 갈래, 재밌는 소설을 읽을래'하고 묻는다면 기꺼이 소설을 택할 것이다. 주인공에게 나를 대입시켜 좌절이나 슬픔을 느끼기도 하고, 소설 속 인물이 내 주변인과 비슷하기라도 하면 해당 인물이 훨씬 입체적*으로 머릿속에 그려지는데 그렇게 읽는 재미가 꽤 쏠쏠하다.

나의 경우 보통 300쪽짜리 책 한 권을 읽는 데 일주일 정도 걸린다. 요즘은 그나마 시간이 단축된 것인데 원래 나는 책을 읽거나 심지어 만화를 읽을 때도 정독해서 읽는다. 만화를 볼

◇◇◇◇◇

* 최근에 미팅했던 회사 대표님과 소설《서른의 반격》에 나오는 주인공 '규옥'의 느낌이 비슷하여 그분을 상상하며 책을 읽었다.

때 역시 '쫘앗', '타앗', '쿠오오오' 등의 의성어, 의태어와 함께 그림 하나가 한 페이지를 차지하는 것까지도 한참을 볼 정도로 장면과 글을 정독한다.《원피스》 같은 만화책을 읽을 때 별 내용이 없음에도 진도가 잘 안 나가는 것도 바로 그 때문이다. 가끔은 해당 장면이 머릿속에 그려지지 않으면 그 문장을 반복해서 읽고 눈을 질끈 감은 뒤에 머릿속으로 그림을 그려 보기도 한다.

정독을 한다고 해서 남들보다 작품에 대한 이해가 더 높다고 장담할 수는 없다. 그저 급식 먹던 시절, 국어 시간에 조별로 팀을 이루어 소설에 대한 퀴즈를 풀거나 했을 때 활약한 정도랄까?

지금은 누가 나한테 퀴즈 낼 일이 전혀 없으니 참 쓸모없는 독서 습관인 것 같기도 하다. 어디 나한테 퀴즈 낼 사람 없나요?

칭찬

학창 시절, 안경, 여드름, 뻐드렁니로 못생김의 모든 조건을 갖추었던 나는 외모 콤플렉스가 심했다. 지금도 나의 못생김에 대해 굉장히 민감하기 때문에 누군가 내 얼굴에 대해서 생각 없이 지적하면 들이받을지도 모른다.

중학교 때 어느 날 큰 이모가 나에게 '넌 참 귀가 잘생겼다'고 했는데 그 말을 듣고 계속해서 곱씹게 되었다. '얼굴 중에 예쁜 데가 고작 귀밖에 없다는 건가? 보통 얼굴 칭찬을 할 때 귀는 제외 대상 아닌가?', '있지도 않은 예쁜 구석 찾아내시느라 참 애쓰셨습니다'라는 말이 나도 모르게 나올 뻔했다. 기분이 나빠서였는지 아니면 별로 칭찬받아 본 적이 없는 나에게 것도 칭찬이랍시고 칭찬 리스트에 업데이트된 건지, 아님 둘 다였는지 모르겠지만. 그냥 차라리 아무 말도 하지 않았더라면 좋았을 걸. 어린 마음에 상처가 컸다.

사실, 나는 칭찬을 잘 못한다. 안부 인사처럼 '머리했네? 예쁘다'라던가 아부성 멘트로 상사나 교수에게 '가방 사셨나 봐요, 너무 예뻐요', '오늘 유난히 멋지세요' 이런 종류의 칭찬을 못한다*. 칭찬에 인색한 편이랄까.

다만, 누군가를 관찰하는 것은 좋아해서 열중하며 이야기하는 상대방의 얼굴을 뜯어보다가 매력적인 구석을 발견하면 말을 끊고 '그런데 너 눈이 되게 예쁘구나?'라던가, '너 속살이 참 하얗다'라던가, '오늘 좀 예쁜데?' 따위의 칭찬을 던진다. 무심한 듯 시크하게 말이다. 이런 말들은 순도 100퍼센트의 진심에서 우러나온 것이기 때문에 하는 나도 기분이 좋고 상대방도 당황하면서 대부분은 좋아한다.

그렇다. 칭찬은 이렇게 하는 거다. 되도 않는 칭찬 백 가지보다 진심에서 우러나온 단 하나의 칭찬을 하자. 그렇다면 당신은 이미 프로 칭찬러이다.

◇◇◇◇◇

* 그래서 대학 때 내 학점이 엉망이었나 보다.

진짜 좋아하는 사람을 못 만나서

남편과 친한 한 선배는 결혼이 하고 싶어 하루가 멀다 하고 소개팅을 하지만 번번이 잘되지 않았다. 여기서 퇴짜를 놓는 것은 대부분 선배 쪽이었다. 남편은 그런 선배를 답답해하며 '100퍼센트 마음에 드는 사람을 만나기란 어렵다. 그냥 조금 눈을 낮추고, 적당히 포용하고 넘어가면 안 되느냐'고 했다는데 그 말에 선배가 반문했다고 한다.

"그럼 너는 민조 씨랑 결혼할 때 그런 마음이었니? 오래 연애하고 사랑해서 결혼한 거잖아. 나도 너네처럼 정말 사랑하는 사람과 결혼하고 싶어. 결혼이라는 내 인생의 중요한 부분을 적당히 조건 맞는 사람이랑 대충할 수는 없잖아."

그 말을 들으니 남편은 더 이상 선배를 채근할 수 없었다고 했다. 나 역시 남편에게 왜 괜한 소리를 했느냐고 다그쳤다. 나이가 찼다고 해서 적당히 괜찮은 사람이랑 결혼을 놓고 타협할 수는 없다고.

나이가 들면서 사랑에 대한 자세가 변할 수는 있겠으나 30대의 사랑이 20대의 사랑보다 미지근할 것이라고 단정 지을 수는 없다. 진짜 좋아하는 사람을 만나면 나이와 상관없이 사춘기 소년, 소녀처럼 경주마 같던 스무 살의 어느 여름날처럼 가슴이 뜨거워지는 사랑을 할 수도 있다.

그 이야기를 들으니 외국에서 공부하고 있는 K가 생각났다. 팔방미인이자 만인의 연인인 K는 유쾌하고 센스 있는 사람이라 모두가 그를 좋아한다. 하지만 그가 연애할 때 소위 말하는 나쁜 남자라는 사실을 듣고 나는 적잖이 놀랐다. 친구로는 세상 다정하고 착하지만, 연인일 때는 꽤나 차갑고 이성적인 사람이 있다고 하는데 K가 그런 것 같았다.

한번은 K와 술을 마시며 여러 가지 상황들을 가정해 보았다.

"만약 네 여자 친구가 너를 너무 사랑해서 한국에서의 일을 모두 정리하고 너를 따라가겠다고 하면 어떡할 거야?"

"전 싫을 것 같아요. 전 좀 독립적인 사람이 좋거든요."

그 말에 20대 초반의 내가 떠올라 피식했다. 당시, 나는 연애할 때 서로의 삶에 깊이 관여하며 질척거리는 연애를 이해하지 못한다고 말했기 때문이다. 그때 내가 잘난 척하며 했던 말들이란 이런 것이었다.

"연애랑 자기 삶은 확실히 분리했으면 좋겠어. 주말에만 만난다던지? 맨날 만나는 커플들 보면 정말 이해 안 돼. 각자의 삶을 존중해 줘야 건강한 연애라고 생각해."

이랬던 나는 몇 년 후 지금의 남편을 만난 뒤, 우리 집에 놀러 왔다가 집에 가는 남편의 등을 끌어안고 가지 말라며 오열을 했다고 한다. 각자의 삶이 분리된 연애는 개나 줘 버린 지 오래고 24시간 붙어 있지 못해 안달이었다. 정말로 상대를 좋아하면 머리와 몸이 따로 분리된 사람처럼 애초에 했던 나의 생각과 의지대로 되는 법이 없었다.

그래서 K의 말에 나를 포함하여 그 자리에 있던 사람들이 입을 모아 말했다.

"너 아직 진짜 좋아하는 사람을 못 만나서 그래."

해피 엔딩

#긴글주의#스포주의#초딩독후감스러움주의

최근 〈미녀와 야수〉, 자비에 돌란의 〈마미〉, 완창 판소리 〈심청가〉, 내 인생 영화 베스트 5 중 하나인 〈혐오스러운 마츠코의 일생〉을 다시 보았다. 몇 주 사이에 이 4편의 영화와 공연을 보게 된 것인데 왠지 이것들 사이에 묘하게 닮은 구석이 있는 것 같다는 생각이 들었다.

어릴 때부터 아빠가 사 온 디즈니 애니메이션의 비디오테이프를 마르고 닳을 때까지 돌려 보았던 나에게 이번 〈미녀와 야수〉 역시 원작의 실사판으로써 내가 알던 결론과 다를 것 없는 아주아주 당연한 해피 엔딩이었다. 벨은 언젠가 더 넓은 세계로 나아가 멋진 왕자를 만나기를 원했고 그 소망은 이루어졌다.

〈심청전〉 역시 어릴 적 책으로 접해 익히 알던 내용이었지만, 판소리 공연을 통해 보니 더욱이 감회가 새로웠다. 효녀인 심청은 인당수에 빠졌는데도 다시 살아났고 왕후가 됐다. 극의 막바지에 다다라서는 맹인 잔치에 모인 심 봉사를 비롯한 모든 맹인들이 눈을 번쩍 뜨는 허무맹랑한 기적도 일어났다.

어릴 때는 '우와, 해피 엔딩이다'하고 넘어갔었던 것들인데 어른이 되고 나서 보니 아주 약간의 의문을 가지게 됐다. 동서

고금을 막론하고 하나같이 너무나 극단적이고 과장되고 비현실적인 해피 엔딩이라는 생각이 들었다. 착실히, 열심히, 효도하면서 살면 이 이야기를 읽는 너도 언젠가 엄청난 행운을 누리게 될 거라는 막연한 희망을 심어 주는 것 같았다.

〈마미〉와 〈혐오스러운 마츠코의 일생〉의 주인공들은 앞서 말한 고전의 주인공들과는 다르다. 시궁창 같은 현실을 벗어나려 부단히 노력하지만, 그럴수록 삶은 더욱 그들의 뜻대로 되지 않는다. 오히려 보란 듯이 더 큰 불행을 그들 앞에 내놓는다. 동화에서 나오는 기적은 당연히 일어나지 않으나 그들은 자신들 앞에 놓인 현실을 덤덤히 받아들인다.

하지만 그런 그들 역시 끝까지 버리지 않는 것이 있었으니 그것은 바로 희망이었다. 〈마미〉에서 스티브를 병원에 넣어야 했던 디안은 톡 건드리면 곧 무너질 것 같은 표정을 애써 웃는 얼굴로 가리고는 '그래도 나는 늘 희망에 차 있고, 그래서 나는 승자야'라고 이야기한다. 〈혐오스러운 마츠코의 일생〉에서 신나는 음악과 화려한 연출 속에서 아주 극명하게 대비되는 잔인한 날들을 보낸 마츠코도 마지막에 가서는 삶을 포기하는 듯했지만 결국은 한줄기의 희망을 놓치지 않으려 안간힘을 썼다.

옛날 사람들이 만들어 낸 허무맹랑한 동화 속 기적에 담긴 희망이나 현실을 배경으로 한 영화 속 주인공이 처절한 삶에서 마지막으로 부여잡는 희망이나 결국 사람들은 희망이 없으면 살아갈 수 없기에 각자의 방식으로 희망에 대한 이야기들을 만들어 내는 것이 아닌가 하는 생각이 들었다.

끝으로 영화 〈마미〉의 디안이 했던 대사를 몇 자 옮겨 글을 마무리하려 한다.

"스티브를 거기 맡긴 것은 희망이 있어서야. 나는 희망에 차 있거든. 세상에 희망이 넘치지는 않지만 그래도 이렇게 생각할래. 끊임없이 희망을 품는 수많은 사람들이 있다고. 희망찬 사람들 덕분에 세상이 바뀌니 좋지. 난 내 소임을 다했고 그랬기에 나에게는 희망이 있어. 그래서 나는 승자야. 지금껏 늘 그랬어. 내 방식으로 누구나 승자가 되지."

평범함이라는 로망

2017년을 보내는 마지막 그림과 함께 이런 글을 썼다.

'평범한 것이 제일 어렵다는 것을 알기에 소중한 오늘입니다.'

평범하다는 것이 정말로 어려운 일임을 나는 아주 어렸을 적에 깨달은 것 같다. 가정 교과서에 나오는 '평범한 가족'의 모습은 항상 엄마, 아빠, 나, 형제가 매일 저녁 식탁에 둘러앉아 도란도란 이야기를 나누며 웃음꽃이 피는 모습이었는데, 주위를 둘러보면 그런 가정에서 구김살 없이 자라 온 사람을 만나기가 오히려 쉽지 않았다. 그래서 그 사실이 왠지 모를 위안이 되었다고 하면 나 너무 이기적인 것일까?

평범함이라는 단어에는 장기간 지속적으로 기복이 없는 상태라는 전제가 깔려 있어야 하는데 세상은 내가 마음대로 살도록 내버려 두지 않는다. 매일 크고 작은 사건으로 나의 일상을 소란스럽게 한다. 그러니 평범함은 너무도 어려운 것이다.

그래서 나는 오늘도 비범은 됐으니 그저 평범하고 싶다.

EPILOGUE

그렇게 시작된 이야기

2017년 11월 2일, 우리 집 앞 카페에서 이선희 편집자님과 만났다.《모두의 연애》이후 두 번째 책을 기획하기 위해서였다. 언제부터인가 편집자님과의 만남은 일과 친구와의 친목 그 경계에 있는 듯해 반갑고, 즐거운 마음이 들어 기다려지고는 했다. 서로의 근황을 묻고 답하며 한참의 이야기를 나눈 뒤에 우리는 책에 대한 이야기를 시작했다.

"생각은 좀 해 보셨어요?"

편집자님은 내게 에세이 출간을 제안하시며 두 가지 주제를 손에 쥐어 주셨다. 한 손에는 '모두의 연애2'를 , 다른 한 손에는 '김민조'를. 그리고 나는 얼마간의 고민 끝에 답을 내렸다.

"조심스럽지만 '모두의 연애 2'보다는 김민조, 그러니까 저에 대한 이야기를 써 보고 싶어요. 다만, 조금 걱정이라면 이야기를 쓰면서 어디까지 드러내야 할지, 제 어두운 부분까지 드러내도 될지, 그런 우려가 있어요."

이 말을 입 밖으로 꺼내는데 나도 모르게 울컥하고 무언가가 올라와 꾹 참아야 했다. 항상 꾹꾹 눌러 왔지만, 가끔씩은 흘러넘쳤던 말들. 많이 퍼냈다고 생각했던 내 안의 어둠을 꺼내 놓지 않고도 내 이야기를 오롯이 할 수 있을지 확신이 서지 않았지만, 결국 이번에도 하고 싶은 쪽을 선택했다.

사실, 제안을 덜컥 받아들여 하겠다고 하긴 했는데 그 이후가 문제였다. 한동안 바빠서 이 책에 대해 잊고 지내다가 원고를 보내야 할 시간이 다가오자 두려움이 밀려왔다. 급기야는 '누가 내 이야기를 궁금해하겠어'라는 생각까지 들었다. 자신감 부족병이 또 도진 것이다. 하지만 이왕 하기로 한 일, 서랍 속에 처박아 두었던 '처음 책을 만들던 그때의 패기'를 주섬주섬 꺼내 다시 장착하며 생각했다. '볼 테면 봐라.'

제3자의 입장에서 이 책을 읽고 난 뒤에 들 수 있는 부정적인 감상을 크게 두 가지로 나눠보았는데, 하나는 '개나 소나 에세이 쓰네'였고 다른 하나는 '그래서 뭐 어쩌라고'였다. 책 속의 글 대부분이 용두사미격에 결론도 없지만, 그렇기 때문에 역설적으로 누군가에게 용기가 될 수 있겠다는, 확신에 가까운 생각이 들었다. '나도 할 수 있다'는 용기 혹은 '저렇게는 살지 말아야겠다'는 깨달음 같은 것을 줄 수도 있고, 누군가는 책이 쓰고 싶어질지도 모르겠다.

인간의 외모가 전부 다 다른 것처럼 사람은 일생을 살면서 각자 다른 경험들을 한다. 모든 사람의 이야기는 하찮지 않고 흥미진진하며 그 이야기를 글로 엮으면 책이 된다. 어렵게 생각하지 않아도 된다. 이 책도 그렇게 시작된 이야기에서 출발했다.

덧붙여, 현재의 김민조를 만들어 준 모든 사람과 내가 겪은 모든 사건과 이번에도 나를 믿고, 내가 하고 싶은대로 하게 해 준 편집자님께 감사의 마음을 전하며, 옆집 언니의 일기장을 훔쳐보는 마음으로 이 책을 읽었다면…… 더 바랄 것이 없겠다.

제가 어쩌다 운이 좋았습니다

초판 1쇄 인쇄 2019년 5월 24일
초판 1쇄 발행 2019년 5월 31일

글 · 그림 민조킹

펴낸이 박세현
펴낸곳 팬덤북스

기획위원 김정대 · 김종선 · 김옥림
기획편집 이선희
편집 조시연
디자인 심지유
마케팅 전창열

주소 (우)14557 경기도 부천시 부천로 198번길 18, 202동 1104호
전화 070-8821-4312 | **팩스** 02-6008-4318
이메일 fandombooks@naver.com
블로그 http://blog.naver.com/fandombooks

출판등록 2009년 7월 9일(제2018-000046호)

ISBN 979-11-6169-083-4 03810